ANNA RHEINSBERG

DAS GRÜNE KLEID

EIN REIGEN

EDITION NAUTILUS

Für Joe Dallesandro

Gefördert durch ein Stipendium des
Hessischen Ministers für Wissenschaft
und Kunst, Wiesbaden (2008)

Lektorat: Klaus Binder und Hanna Mittelstädt

Die Textzeilen Seite 5 sind entnommen
aus: Bob Dylan. Texte und Zeichnungen.
Deutsch von Carl Weissner.
Zweitausendeins, Frankfurt am Main 1975.
CIAO BERTE, CIAO AMI:
Die kursiv gesetzten Zeilen auf den
Seiten 102 und 109 sind Gedichten
Bianca Dörings entnommen:
*Einmal, ICH trug zwei gläserne Wimpern
im Haar* sowie dem Text *SHORTCLIP*.
Die Gedichte sind veröffentlicht in:
*DIE AKTION. Zeitschrift für Politik, Literatur,
Kunst.* Heft 186/190. Hamburg 1999.

Edition Nautilus Verlag Lutz Schulenburg
Schützenstraße 49 a · D-22761 Hamburg
www.edition-nautilus.de

Deutsche Erstausgabe August 2011
Umschlaggestaltung: Maja Bechert
www.majabechert.de
Druck und Bindung: CPI Moravia Books
1. Auflage August 2011
ISBN 978-3-89401-742-2

»Oh, but I just thought you might want something fine
Made of silver or of golden,
either from the mountains of Madrid
Or from the coast of Barcelona.«

»Oh, ich dachte nur, vielleicht möchtest du was Schönes.
Etwas aus Silber oder aus Gold,
Zum Beispiel von den Bergen bei Madrid
Oder der Küste von Barcelona.«

Bob Dylan, Boots of Spanish Leather

GUTE REISE!

Nachdem der Kerl, dem ich meinen Namen gegeben hatte, verschwunden war, fing ich an zu trinken. Ich hätte auch Heuschrecken gegessen. Es war ein schöner Sommer, und manchmal ging ich zu den Rockern. Sie hatten ein Tattoo-Studio unten am Fluss. Ich musste nur aus dem Haus, die Straße hinunter. Ich saß mit Ruby, er erzählte mir traurige Geschichten. Ruby war nett und nicht dumm. Ein Zwei-Zentner-Mensch mit langem aschblondem Haar. Ihm fehlte ein Stück seines linken kleinen Fingers.

Willst du tanzen? fragte er, wenn er mich sah.

Ruby saß auf einem Stuhl vor der Tür des Studios. Die Tage waren heiß, Bisamratten schwammen zwischen den Seerosen. Es roch nach Zellulose und Asphalt. Männer in Lederjacken standen herum, schraubten an ihren Maschinen. Sie sprachen nie mit mir, nickten nur. Die Männer duldeten mich. Ich war aus der Nachbarschaft, sie kannten mich vom Sehen. Ich fuhr täglich mit dem Rad die Straße am Fluss entlang, um in die Stadt zu kommen. Für Ruby arbeiteten fünf Frauen, Polinnen. Er besaß eine Wohnung, außerhalb. In einem Betonsilo, dicht an der Autobahn. Roma-Leute lebten hier, jede Menge Russen, Frauen, zu denen die schwarzen GIs kamen, als es dreißig Kilometer weiter noch Kasernen, AFN und Arbeit bei Buderus gab. Keine gute Gegend. Ruby lud mich ein.

Guckst du, sagte er. Und schreibst was.

Aber ich hatte keine Lust. Ich las und schrieb nicht mehr. Ruby hieß in Wirklichkeit Pjotr. Ich mochte sein blondes Gesicht mit den Sommersprossen. Auf seiner Schulter war ein Jesuskopf tätowiert. Er war neunzehn. Wenn er lächelte, hob er die Hände, schüttelte sein Haar und zeigte die Zähne. Er hatte große dunkle Zähne, kariös, die Löcher mit Gold gefüllt.

Ruby hielt sich die meiste Zeit für sich. Glaub nicht, ich tu's mit denen, sagte er. Die tun ihrs und ich meins.

Und sonst? fragte ich, ohne es wissen zu wollen. Ich fragte so nebenbei, weil ich bei ihm sein konnte und wir zusammen in die Sonne blinzelten. Kleine Wellen schwappten ans Ufer.

Da ist 'ne Kobra. Die habe ich letztes Jahr gekauft. Sonst ist Geschäft.

Für wen? fragte ich.

Na, hör mal. Ruby tippte gegen einen der Schneidezähne.

Tadellos gemacht. Ich nickte.

Er lächelte. Ich sag dir, wer's war. Wenn du es nötig hast. Fragst du mich. Helf ich dir.

Ich rauche, sagte ich lahm.

Ich weiß. Ruby riß sich ein Bier auf. Wird dich umbringen. Du hörst nicht. Er hatte eine angenehme Stimme, warm und gebrochen.

Ich trank Tomatensaft, grünen Tee, sehr viel Wasser und am Abend Gin. Mein Leben war von einem Tag auf den anderen ruiniert. Ohne Vorwarnung oder einen Traum, der mich hätte aufschrecken und am Morgen klug handeln lassen. Nichts war, wie ich es wollte.

Ich stellte Schälchen mit Salz vor die Haustür, ordnete, was in den Zimmern zurückgeblieben war.

Der ganze Mist aus zwanzig Jahren, schluchzte ich.

Was kostet? Ruby lachte. Schmeiß raus.

Ich hockte unter Abfall, um mich herum Berge. Der Kerl

war weg, ich wischte pausenlos die Böden und sah aus wie eine Leiche. Überall Fußangeln, Schatten, sein alter Regenmantel, Fotos, Gläser voll Ingwer. Tabletten, Socken, eingetrocknete Farbtuben. Die Doors-Platten, Schulzeugnisse. Briefe. Das Werkzeug hatte er mitgenommen. Ich schaukelte am Ast des Pflaumenbaums, vergaß die Zeckenplage. Der Himmel war weit, blau, ich kam nicht ran. Ich war zu klein, barfüßig, staubig, durstig. Alles blieb unsichtbar vor lauter Krempel und Wut. Wohin damit? Die Wut kam vom Kompost herübergeschlichen, flatterte mit jeder Amsel auf. Wut war tröstlich. Ich schmiss weg, es wurde nicht weniger. Nachts träumte ich, ich ging mit einem großen bunten Huhn spazieren. Wir sprachen über Zuckerrohr, das Huhn scharrte im Sand, es fand eine winzige Eidechse, legte sie mir um den Hals. Du bist lustig, sagte die Eidechse zu mir. Wir aßen Reis und Bohnen und kleine, seltsam scharf gewürzte Bananen an einer Schießbude. Jupiter klemmte im Dachfirst, fiel herunter. Das Huhn flatterte auf. Wir kochen es morgen, hörte ich. Eine Tür schlug im Wind. Ich erwachte, war allein.

Ich tat mir entsetzlich leid und hätte gern Feuer gelegt. Ruby tröstete mich, die alte grüne BMW neben sich aufgebockt an der Hauswand. Er sah mich mitleidig an, trank sein Bier. Spannte die Muskeln seines rechten Oberarms, steckte einen Finger in den Mund und kaute. Wird bald besser werden, sagte Ruby. Er kratzte sich an der Schulter. Holz trieb im Fluss. Hinüber zu den Gärten, ans andere Ufer.

Kuba, sagte Ruby. Warst du schon mal dort?

Ich flüsterte Verwünschungen und jammerte über Geld und die vielen Zigaretten, die ich rauchte. Mein Herz schlug laut, ich besaß nichts. Nur diese kratzige Stimme und noch ein bisschen Hirn. Godzilla, mit einem Hut aus Rosen.

Nachts stand ich, Gin war tückisch, starrte aus den Fenstern. Ich blickte in die Bäume, der Mond schien. Immerzu schien der Mond, in all den Nächten. Fett und trostlos. Ich war eine Wolke, voller Gin und Regen. Die Rehböcke husteten, liefen ums Haus. Gras wuchs, Igel schmatzten. Niemand kam. Ich zog mich zum Schlafen nicht aus. Zu viel Mühe. Lag auf den Dielen, eine Zigarette im Mund. Ich redete mit dem Rosenstrauch, rief regelmäßig früh um vier meine Mutter an. Die Rosen blühten üppig in jenem Jahr. Ich bekam Schweißausbrüche, Wadenkrämpfe, Anfälle von Melancholie und wurde dünn. Warf weg, was ich fand.

Ich wusch mich nicht. Der Kerl war drei Straßen weiter gezogen, jemand sagte es mir. Ich ging zu einer Psychiaterin, rannte nach Mitternacht zu dem Ort, an dem er arbeitete. Dort setzte ich mich auf die Stufen, ich ließ immer etwas zurück. Salz, eine Tigermaske aus Gummi, Schriftzeichen, alte Fahrkarten, Haare von Rubys Hund und Scheiße, in ein Taschentuch gefüllt. Batist, weiß, mit Monogramm. Überbleibsel einer ungeliebten Tante. Das Taschentuch gehörte meiner Schwiegermutter. Warum hatte sie es mir geschenkt? Ich verabscheute sie. Sie mich auch.

Ihr Sohn hatte Priester oder wenigstens Diplomat werden sollen, auf keinen Fall hätte er mich treffen dürfen. Sie war eine eiskalte Frau, fromm und dürr. Ihr Traum war es gewesen, in einem Urwald lepraverstümmelten schwarzen Kindern das Alphabet beizubringen. Stattdessen hatte sie geheiratet und zwei Söhne bekommen. Die Söhne hielten sich mit ihr nicht auf. Batist blieb unberührt von allem, was um sie herum geschah.

Ich kaufte ein Boot und fuhr damit auf dem Fluss. Rubys Hund paddelte neben mir, verrückt nach den Bisamratten. Ich hörte nie von dem Kerl, in dessen Nachlass ich wie in einer Mülltonne wühlte und japste. Vor Schreck über sein Verschwinden halb tot. Erst als die Steuerbehörde Briefe schrieb und ich sie nicht beantwortete, meldete er sich.

Es war ein Sommer, freundlich und still. Ich blieb starr, stumm, sehnsüchtig nach Trost, ich hatte meine Zauberkraft verloren. Die Psychiaterin sprach mit mir über Glück; wir sprachen über Schönheit, über Anne Sexton und die Blumen, die Dr. T. bei Aldi kaufte. Ich schenkte ihr eins meiner Bücher. Sie war Feministin und, ich glaube, Freudianerin. Sie riet mir, aus dem Haus zu gehen und wieder zu schreiben. Die Psychiaterin war rothaarig, trug ausgefallene Kleider. Ich sagte ihr, dass ich einen Mann wollte, der meine Frau sei. Ich wollte einen Mann mit einer Klitoris. Sie lächelte nicht, wandte kurz den Kopf, sah aus dem Fenster. Sie zwinkerte. Aber ja, sagte sie. Warum nicht. Sie werden einen Mann finden. Einen Mann mit einer Klitoris. Ist das wichtig? Sie war kurzsichtig und furchtbar dünn.

Ja, sagte ich, nickte dem Narzissenbeet zu, an dem Anne Sexton sich gerade zu schaffen machte.

Er wird ungeduldig sein, sagte die Psychiaterin. Vielleicht zornig. Und hungrig.

Er wird sein, was ich mir wünsche, sagte ich böse.

Die Psychiaterin wippte leicht mit dem Fuß. Ich bewunderte ihre Schuhe. Sie trug jedes Mal, wenn ich kam, ein anderes Paar. Und jedesmal war ich hingerissen. Ich ging gern zu ihr. Irgendwann hörte ich auf, Scheiße vor das Büro des Kerls zu tragen, der mich sitzen gelassen hatte. Und Tütchen mit Salz, abgelaufene Fahrkarten, Zeichen und gelbe Handschuhe. Ich verließ ihn.

Ich lebte in einem Haus am Waldrand, unfähig fortzugehen, und aß Heuschrecken. Nichts war, wie ich es wollte. Wollte ein Feuer anzünden. Ein Feuer. Hätte gern getötet. Das sagt sich so und schreibt sich noch viel leichter. Ich wollte niemanden mehr küssen.

An Gin gewöhnt man sich schnell. Ich zwang mich, einmal am Tag etwas Warmes zu kochen. Meist am Abend, bevor ich Eis ins Glas tat und die Flasche aus dem Kühlschrank holte. Ich war sehr mit mir selbst beschäftigt, unaufrichtig und verwirrt, hasste mich für meine Schwäche und die Trauer, von der mir übel wurde. Ich war eine Leerstelle. In mir eine vage Hoffnung, und jedesmal, wenn ich Gemüse schnitt oder ein Ei aufschlug, überkam mich Gelächter, ein Brüllen, viel zu laut, höhnisch und ekelhaft. Es brüllte aus mir heraus, während ich in einem Loch steckte, meinen Mund mit Dreck füllte, kaute, mir schreckliche Dinge ausdachte. Um mich zu beruhigen, rauchte ich.

Ich traf eine Frau, die sich in mich verliebte. Und schlief mit einem Flüchtling. Er war jung, kräftig und schön. Wir blieben ein halbes Jahr beieinander. Das Brüllen hörte auf. Dafür fiel ich manchmal in Ohnmacht. Ich ging regelmäßig nachts aus dem Haus, streifte durch die Straßen. Der Flüchtling hatte wundervolle Zähne, er lächelte, während er mich liebte. Seine Augen waren groß, dunkel, nie löste er den Blick von mir. Er sprach zu mir in einer fremden Sprache, ich war aufgehoben im Dunkel.

Der Oktober kam, Pjotr sah ich seltener. Noch immer konnte ich nicht schreiben. Ich saß oft Stunden auf einem Hocker am Fenster, rauchte, starrte träge in die Nacht. Ein paar Zeilen, nichts Richtiges. Flüchtige Mitteilungen, Wörter. Ich folgte keiner Logik, ein zweifelhafter Rhythmus, pure Launenhaftigkeit und ein endloses Wehklagen setzte sich aufs Papier. Selbstmitleid, Täuschung und Gin. Ab und an gelang mir etwas, ein Gedanke tauchte auf, Struktur. Die Struktur missfiel mir. Ich hatte lange genug in ihr gelebt, sie hatte mir nichts eingebracht. Ich misstraute der Musikalität, die dem Schreiben vorauslief, ihm folgte, ob ich wollte oder nicht. Das Dunkel ängstigte mich nicht, und gierig setzte ich meine nächtlichen Streifzüge fort. Ich suchte nichts, war nicht darauf aus, jemandem zu begegnen.

Wenn ich durch die Nacht radelte, erfand ich Wörter. Landschaften und Töne. Die Farbe Rot setzte sich hinter mich auf den Gepäckträger, manchmal ein Grün. Blau und Gelb mochte ich weniger. Schlangen aus kleinen Mäusen und Tomaten fädelten hinterdrein. Ich sah Volterra vor mir und das Gesicht des Flüchtlings, Silhouette in einem Weidenbaum nah am Fluss. Eine frühe Sonne verzerrte sein Lächeln. Er rief meinen Namen, aber ich war schon vorüber, radelte weiter. Am alten Friedhof entlang in einen stilleren, noch dörflichen Teil der Stadt.

Ich war glücklich mit Grün und Rot und den Mäusen. Die Wörter und ich waren eins. Kam ich zurück, lag das Haus für sich. Es grüßte mich nicht. Der Flüchtling schlief. Es wurde kälter, die Luft roch nach Äpfeln. Laub fiel von den Bäumen.

An einem Sonntag kam der Nebel vom Kirschbaum herüber. Ich saß mit angezogenen Beinen, las in einem Kochbuch. Ich dachte gerade über Artischocken nach. Ich war blass, mit Ringen unter den Augen, und hatte ein kleines schmerzendes Bläschen auf der Zunge.

Es hatte geschneit. Ich hätte gern jemanden geküsst; Milch war alle. Die Artischocken grinsten. Ich würde sie mit Pfefferminze und Knoblauch füllen. Ein tauber Geschmack in meinem Mund. Sauerampfer. Ich zählte stur die braunen Flecken auf meinem Handrücken. Ich musste zum Briefkasten.

Der Nebel kam durch das geöffnete Fenster und legte sich zu mir. Du armes Luder, sagte er.

Stimmt nicht, sagte ich und schob ihn weg. Aber der Nebel machte sich breit, drückte mich an den Rand. Ich fiel aus dem Bett, schrie auf und lachte.

Schau dich an. Keiner küsst dich. Du siehst aus wie eine Hornisse. Iss Rosinen, sagte der Nebel, das hilft.

Unten auf der Straße war vom Himmel nichts zu sehen. Eine tote Krähe steckte im Zaun. Der Hund vom alten Jung tauchte auf. Trottete im Rinnstein, er stieß ein kurzes, heiseres Bellen aus. Hehe. Ein Auto schlich heran. Es war der erste Tag im Dezember.

Der Nebel zerfloss. Ich schlidderte zu Fuß die spiegelglatte Straße lang. Rubys grüne BMW stand auf dem Parkplatz.

Um die Türme der gotischen Kirche hingen Wolken. Vor der Drogerie legte ich den Kopf in den Nacken: Über einem der Wasserspeier kauerte ein magerer Engel, sein rechter Flügel war schmutzig, voll Schnee und Vogelschiss. Der Engel fror, er rauchte ein Zigarillo, schaute angewidert zu den Junkies, die vor dem Portal bettelten. Die Glocken bimmelten, ein paar Händler öffneten ihre Stände. Ramsch aus Einer Welt. Ich ging auf den Weihnachtsmarkt am Firmaneiplatz. Die Bratwurstbude kokelte, ein Blasorchester legte los. Berber und lokale SPD-Prominenz keilten über die Bretter. Große Entdeckungsreise.

Sie! Mein Glühwein.

Tombola, und Roma mit einem dürren, verlausten Lama. Althippies fummelten sich ihre Ration Dope für den Tag zurecht. Pulk langer weißer Stöcke. Blinde Kids, darunter ein fröhliches Mädchen im Humpelrock. Geschnürte kniehohe Stiefel und Muff. Die junge Rosa Luxemburg. Volk aus dem Umland, das Fiat-Autohaus machte Reklame für die *Wildecker Herzbuben*. Marktmafia kontrollierte die Buden, Grünes Kreuz sang, der Bürgermeister verteilte Handzettel. Er war schlecht rasiert. Ein viel zu großer, teurer Mantel, der Mensch darin schien kaum zu atmen. Er hatte Eiskristalle im Haar, seine Nase tropfte. Es gab Kuchen und Schnaps, es war kalt. Ein lausiger Morgen. Ich lief einmal um die Kirche, der Engel zwinkerte mir zu. Schnee rieselte auf mich herunter, als er sich erhob, die Flügel spannte und davonflog.

An der Ecke bei *Theo* war der Briefkasten. Und links davon ein Stehcafé; ich blickte flüchtig durch das Fenster. Der Pakistani, dem das Café gehörte, wischte die Kuchentheke aus. Ich erkannte einen Mann. Lieber nicht zu lange hinschauen, sagte ich mir. Schöne Augen und kein Spiegelbild. Ich wollte weitergehen, drehte mich um. Wo war mein linker Handschuh? Der Mann hatte ein weiches blondes Gesicht, sah vertrunken aus, zärtlich, nachgiebig, von heiter cholerischer Art. Er trank Kaffee aus einem Becher, hob die Hand. Musterte mich verschlafen. Unsinn, war ja lächerlich. Ich spürte einen winzigen silbernen Fisch in meinem Mund. Weg, der neue Handschuh. Geld war knapp, ich hatte schon genug verloren.

Trostlos. Ich schluckte. Hinter mir lachte einer. Ich sollte nicht über Einsamkeit nachdenken und auch nicht über Artischocken. Weg, sagte ich zu dem rechten Handschuh, warf ihn in den Briefkasten.

Im Augenblick fiel es mir ein, ich öffnete die Tür des Stehcafés. Ging zu dem Mann, er lehnte am Tisch. Er hatte die Arme verschränkt und machte ein finsteres Gesicht. Ich spuckte den silbernen Fisch in seinen Plastikbecher, und wir küssten uns.

Der Mann war einmal mein Freund gewesen. Ein scheuer großzügiger Junge von der Wesensart einer Katze. Ich hatte ihn geliebt, aber bald verlassen. Danach habe ich, eine junge Studentin, in einer anderen Stadt zu Hause, ihn ein-, zweimal wiedergesehen. Treffen, die uns deprimierten. Wünsche und neue Menschen trennten uns, miteinander fühlten wir uns wie ein Laubhaufen. Er weigerte sich mit mir zu reden, war wütend, roh, von umwerfender Kraft, unglaublich sinnlich. Ich hielt mich für gescheit, ich trug jetzt mit kleinen Perlen bestickte Strickjacken, las Hannah Arendt, ging schon nachmittags in schicke New-Wave-Kneipen, im Schlepptau kahlgeschorener Amerikanisten. Alle wollten Filme drehen, nach Kambodscha reisen, wollten in Kunstgalerien unverständliche Gedichte schreien, das Hamburger Telefonbuch auswendig aufsagen oder sich als Wandmaler durchschlagen. Unerhört ernst und zornig ging es zur Sache. Wir tingelten umher, erfanden uns das Alphabet neu.

Der kräftige liebessüchtige Junge und ich sahen uns nicht wieder.

Seltsam, ich hatte von ihm geträumt. Im Sommer, an einem Julinachmittag. Nachmittags, bevor ich mich an meinen Schreibtisch setzte, schlief ich und manchmal träumte ich. Träume von Menschen, die ich verloren, früher einmal geliebt hatte, und ich begegnete anderen, sah andere, mir fremde Personen, auch Tiere. Es geschah, dass der eine oder andere nach einer Zeit des höflichen Wartens zu mir kam. Das passierte immer wieder, in unregelmäßigen Abständen, aber ich hatte mich daran gewöhnt und war nicht erschrocken. Sie waren eingetreten in meine Welt, das genügte. Ich fragte nie nach dem Warum. Meist waren es gute Begegnungen, die Menschen schenkten mir Glück, ließen mich Dinge erkennen, veränderten Perspektiven. Wir knüpften Netze.

Der silberne Fisch schwamm im Becher. Mein Herz schlug heftig. Ich fand, ich sah nicht mehr ganz so schrecklich aus, Sonne stahl sich über die Türme der Kirche. Der Mann war müde, und seine Hände waren schmutzig. Früher hatte er Locken gehabt; er war jetzt kahl. Locken wie Federn, einen eigensinnigen Mund. Eine volle Unterlippe, die Nase war breit, sinnlich, mit einer Einkerbung, und er hatte eher kleine harte Hände. Alles an ihm war blond, ich erinnerte mich an seine Schultern, die Knie, an seine Füße. Ich schluckte, ich wünschte mir – starrte dabei auf die leere Kuchentheke – einen Mimosenstrauß.

Der Geruch der Mimosen war überwältigend. Der Mann hielt den Atem an. Er schnüffelte. Hatte ich einen Brief eingesteckt? Und die Tabletten gegen Angst genommen? War Dezember? Der Flüchtling wollte am Abend kommen. Der Brief war an die Steuerbehörde adressiert. Die Tabletten halfen nicht. Das Grüne Kreuz, ein Trupp ausgemergelter zäher Männlein, stimmte tapfer einen Choral an. Wir hörten sie bis ins Stehcafé. Der Pakistani drehte das Radio leiser.

Ich spürte die Schwingen des Engels über mir, er lächelte ein wenig höhnisch, als ich zu ihm hochsah. Der Mann küsste mich, er roch nach Gras und Schlaf, er hatte seine Zähne nicht geputzt und kippte sich etwas in den Kaffee. Ich packte ihn an den Schultern, er war muskulös. Drehte ihn zu mir, fragte: Heute Abend?

Seine Augen waren blau, schwere Lider. Er hatte lange gebogene Wimpern. Der Mann schloss die Augen, presste mich an sich. Dann schob er mich weg. Er hob abwehrend die Hände. Heute Abend. Sagte er. Er sagte es ohne Leidenschaft oder Freude. Öffnete die Augen. Er weinte.

Bist du allein? fragte er.

Ja.

Ich auch.

Warum weinst du? fragte er mich, wischte sich mit der Hand über das Gesicht. Fischte ein Salbeiblatt aus seiner Hosentasche, kaute darauf herum und bestellte sich einen Wodka.

Er kam am Abend desselben Tages und blieb. Er war ein Händler geworden. Der Mann verwandelte sich, wann immer es mir einfiel. In eine Katze, in das gelbe Taschentuch aus Omi Rehleins Necessaire, das ich aufgehoben hatte und im Kleiderschrank unter einer hübsch gearbeiteten russischen Pelzkappe versteckte; er wurde ein Strauß Mimosen, war der Junge, eben zwanzig, lockig, freundlich, nie hochmütig, mit geraden, schönen Zähnen. Er war Poesie, von unbeschreiblicher Grobheit. Die pure Melancholie, so sinnlich und blond.

Der Mann war ein Schlangenfänger, allem hingegeben, das seinen Weg kreuzte. Aufrichtig, er log nicht. Er war die Farbe Grün, eine Spur im Gras, und ich folgte ihr.

Wir kannten uns, wussten Bescheid. Fügten uns ineinander, zerbrechlich.

Beide waren wir verlassen worden. Wenn wir uns stritten, machten wir uns am Ende doch ein Geschenk. Blind kauerten wir vor dem Graben, keiner sah den anderen, schrien uns an. Wir waren sehr geschickt im Gräben ziehen und Leichen ausbuddeln. Hatten jede Menge davon. Aber wir hatten uns geliebt; wir erinnerten uns daran und beschlossen, uns zu unserem eigenen Schutz in Sternennebel zu versetzen.

Der Mann war ohne Haus. Ohne alles. Er besaß nichts.

Der Brief, den ich an die Steuerbehörde geschrieben hatte, blieb für lange Zeit der letzte.

Ich kaufte mir einen Strauß Mimosen und fuhr am 24. Dezember in die Lüneburger Heide und zwei Tage später nach Wuppertal. Von dort reisten wir nach Spanien. Zwei Jahre fuhr ich durch das Land. Wir kehrten stets für einige Wochen und Monate zurück, Badenweiler war die magische Grenze. Bald brachen wir wieder auf, unruhig, wir waren ein vielstimmiges Orchester. Eins in der Bewegung des Abschiednehmens. Wir hatten den gleichen Blick und konnten uns verwandeln. Beide zornig und voll Freude.

Das Unterwegssein war eine wunderbare Übung, man behandelte uns freundlich. Nur einmal wurden wir überfallen, bei Sète. An einem Wochenende, als sintflutartiger Regen über den leeren französischen Badeort hereinbrach, die Straßen überschwemmte und die wenigen Alten und ihre Hunde erschreckte. Es war ein hässlicher toter Ort; lärmende einarmige Banditen, Betonklötze, endloser Strand.

Wir fuhren in einem Lastwagen. Mein alter Bär Zotty begleitete uns. Er hatte es zum Psychiater gebracht, in Vertretung meiner Ärztin. Zotty trug einen weißen Schal à la Heesters, eine Mao-Mütze mit rotem Stern und war ramponiert. Angeschnallt saß er zwischen uns, ein kluger, gewitzter Bär, zart und sanft. Das Grau der Morgendämmerung.

Zotty hatte neue Augen bekommen, brummen konnte er nicht. Wir waren ein Glück und gingen viel zu Fuß. Redeten mit entzückten hellen Stimmen, dachten uns Zaubertricks aus und Wunder. Talent hatten wir. Aßen, tranken, liebten uns, schliefen. Trafen auf Menschen, Landschaften, Geschichten, kannten die Spielregeln, und waren uns treu.

Ich fing wieder an zu schreiben. Dem Bär war das egal, er wäre gern mit uns nach Shanghai. Shanghai war zu weit. Ich schrieb. Zotty hörte nie zu, wenn ich ihm vorlas. Er pulte Krabben, wusch seinen weißen Schal, und in Tarifa machte er während eines Sandsturms Rauchzeichen. Nach Afrika rüber. Dort ist Shanghai, sagte er. Ich wusste, dass er heimlich Dr. T. anrief. Dr. T. sollte mit nach Shanghai. Der Bär hustete, stopfte pfundweise Magdalenas in sich hinein.

In Andalusien blieben wir in den Bergen, schliefen an Stauseen, in der Sierra, und in Capileira verliebte Zotty sich in eine Flamencotänzerin. Sie trug rote Schuhe und schwarze Strümpfe. Die Amerikanerinnen, für die sie tanzte, gingen über Tische und Bänke. Eine Horde johlender rappeldünner Frauen, grell sportbekleidet, mit schweren Wanderstiefeln an den Füßen, drängte quer durch den Raum auf die Bühne. Der Gitarrist klampfte weiter, entsetzt, der Sänger sang stoisch seine dunkle röchelnde Klage. Die wenigen Männer im Saal setzten instinktiv zurück, keilten nach hinten. Schwitzende andalusische Machos starrten die Amerikanerinnen an. Ihre Anführerin schrie, schwenkte wild eine Fahne. Die Tänzerin wurde von der Bühne geholt, auf Händen getragen, über viele Köpfe hinweg hin und her geworfen und geküsst. Ihre Strümpfe zerrissen, sie verlor ihre Schuhe. Sie war eine große Frau mit langem schwarzem Haar, ihr Gesicht war ausgemergelt und bleich. Bestimmt hatte sie drei Kinder zu ernähren, sie war nicht mehr jung, und den Abend hatte sie sich anders vorgestellt. Die Horde tanzte, eine Schwarze riss sich ihren BH von den Brüsten. Frauen stöhnten. Schreie. AyyaYA. Vielstimmig, gellend und immer wieder. Gitarrist und Sänger hatten sich hinter die Bühne gerettet. Wir standen erstarrt, wir lachten. Aber es war nicht komisch. Bis einer der Männer hinter der Bar eine Flasche Sekt entkorkte, aus der Hüfte, wie ein Geschoss. Er warf anderen Männern weitere Flaschen zu. Die schrien nun auch, rannten, entkorkten im Galopp, ließen das süße klebrige Zeug mitten unter den Amerikanerinnen schäumen, auf ihre Körper, in ihre Gesichter. Der Mond stand hoch. Ein runder heller Mond.

Die Flamencotänzerin schluchzte. Sie war wütend. Capileira lag weiß und still, oben in 3000 Metern Höhe. Ein Maultier kam allein die Gasse herauf. Wir setzten uns in den kleinen Park vor ein Haus mit grünen Holzjalousien, atmeten die dünne Luft ein und dachten an das Stäubchen Mensch. Wir waren zwei Stäubchen, Zotty war ein Bär. Er hatte einen schwarzen Strumpf um den Hals, seine Augen funkelten.

Am Morgen sagte Zotty, immerhin war er Psychiater, hatte einen Titel, er wolle einen Harem. Er sei Adlerianer. Wir tranken gerade Kaffee. Morgens war es kühl in Capileira.

Einen Harem. Doktor Zotty spuckte in seinen Campari. Und nach Shanghai wolle er auch. Zotty machte sich über die frittierte Heuschrecke her.

Der Mann und ich waren noch nicht wach, und wie alle Tage und Monate, die seither vergangen waren, sehr verliebt ineinander.

Aber ja. Sofort. Aus Studiengründen. Und ohne Umstände. Doktor Zotty Bär schluckte und knuspelte. Die Heuschrecke verschwand in seiner Schnauze. Er bestellte eine neue.

Harem? fragte der Mann, der mit zwanzig rot gefärbte Hennalocken gehabt hatte.

Harem. Zotty nickte. Er tupfte sich mit dem schwarzen

Strumpf das Fett ab, rülpste. Zotty nahm einen Schluck Campari und sah sich um. Der Bär war schlecht gelaunt.

Wie viele? fragte ich, köpfte mein Ei. Wir saßen am Pool. Der Kaffee schmeckte bitter, mit einem leichten Duft von Mimosen.

Doktor Zotty sah einer dicken Amerikanerin direkt in die Augen. Sie lächelte. Sie hatte Orangenhaut an den Oberschenkeln und einen Sonnenbrand.

Harem, nun. Das rote Pferd, sagte Zotty Bär. Ein grünes Kleid. Das Foto von Chesu aus der F.A.Z. Ich. Doktor. Der Bär. Wir.

Und alle auf einem fliegenden Teppich? fragte der Mann, wird 'n bisschen eng.

Kannst gern hier bleiben, sagte Zotty Bär beleidigt.

Und wohin? fragte ich, klopfte Zotty auf den Kopf. Dummer Kerl, sagte ich, was muckschst du und guckst käsig. Pass auf, dass die Dicke dir den Strumpf nicht klaut.

Nach Bagdad.

Du sitzt vorn, sagte der Mann, für Campari ist es noch zu früh, hm? Er sah mich fragend an.

Wo sonst, brummte Zotty Bär, alle anderen sitzen hinter mir.

Du kleines Arschloch, sagte ich.

Großes Arschloch, sagte Zotty Bär, bestellte eine dritte frittierte Heuschrecke.

DAS ROTE PFERD

Der Junge neben mir ist kräftig und schön. Jo. Ich habe ihn vor zwei Tagen getroffen.

Er trägt eine grüne Strickjacke, halbhohe spanische Stiefel und einen Blaumann mit vielen Taschen. Er riecht gut. Sein Geruch verwirrt mich. Er schwimmt schon an meiner Hand durch den See. Wir sitzen in der Straßenbahn; ich habe mein Zeugnis bekommen. Linie 1, vom Vorderen Westen aus, dort sind wir eingestiegen, die Holländische hinunter.

Jo ist einundzwanzig, er fürchtet sich. Es ist Juli, genauer, es ist der 23. Juli 1977. Viele Wolken. Ich sehe aus, als wollte ich Reis kochen bei den Tupamaros. Ich habe das Al-Fatah-Tuch um den Kopf geschlungen. In diesem Sommer ziehe ich zu meiner braunen Pumphose oft ein altes zippeliges Blümchenkleid an und darüber noch eine Bluse, ein Jackett oder seltsame dünne Pullover aus komischem Material. Ich besitze mehrere an den Knöcheln gebauschte Hosen und jede Menge Kleider aus der Zeit meiner Großmutter. Meine Freundin Hella und ich klauen die Sachen aus Rot-Kreuz-Säcken, nachts auf dem Heimweg.

Jo hat zarte, mit Henna gefärbte Locken. Ich weiß nicht einmal, ob das sein richtiger Name ist. Jo. Er nennt mich Netti. Ich habe in der mündlichen Prüfung in Deutsch über Anna Seghers sprechen wollen, meine Lehrerin, Dr. Geyer, war erschrocken und dagegen. Nun habe ich eine Eins geschrieben, und es ist mir egal. Zu Hause wartet mein

Maoisten-Ehemann. Ich habe auch einen Freund, einen mageren Menschen, der französisch tut und mich wie verrückt mit der Zunge bearbeitet. Ich nenne ihn Chesu. Er ist wortkarg, groß, ziemlich hochmütig, mit hüftlangem nussbraunem Haar. Seine scharf gebogene Nase lässt ihn interessanter erscheinen als er ist; ein Langweiler, um ehrlich zu sein. Er wird bald ein Rückenleiden kriegen. Chesu ist mächtig stolz auf irgendeinen hugenottischen Ururgroßvater, und er lügt. Das werde ich erst Jahre später wissen, ein Vierteljahrhundert nach dem wunderschönen 23. Juli 1977 wird es mir um die Ohren fliegen, Sterne und das Unglück werden auf mich herunterknallen, so schnell kann ich mich gar nicht ducken.

Jo ist der Schönste. Der Maoist ist hässlich. Chesu liest Reich. Der ist mir gleichgültig; ich bin ein Talent, mein Blick sucht sich ein Ziel. Ein großer Wunsch ist das Ziel. Ich schaue verkehrt, liebe immer die Mohrrübe, die vor meiner Nase baumelt. Zack, gibt es einen Hieb. Was sich im Augenblick verwandeln lässt, läuft zu mir und ich kann nicht widerstehen.

Jo hebt alles auf. Die Dinge sind seine Freunde. Er ist einsam. Ich sage ein Wort, in der Straßenbahn, mit dem Himmel über uns. Wir können ihn nicht sehen, wir wissen, es gibt ihn. Netti und Jo, die Bahn klingelt, wir sind unverschämt jung, zockeln vergnügt die endlos öde todtraurige Holländische Straße hinunter durch die Kasseler Nordstadt. Ich nehme eine von Jos Locken in den Mund. Er riecht so gut. Brot und Moschus. Der Geruch betäubt, ich möchte meinen Kopf unter seine Achsel stecken. Ich seufze, werde wieder klein, völlig außer Atem bin ich, und schließlich verzweifele ich. Er wird sich nicht umdrehen nach mir, wenn ich gehe. Ich werde ihm nachstarren, aber nicht nach ihm rufen, tapfer, und ich werde nicht weinen. So wird es sein, enden wird es, obwohl wir keinen Gedanken daran verschwenden. Unmöglich, nie werden wir uns trennen. Wir sind uns ja eben begegnet, vor zwei Tagen. Wir sitzen unter einem freundlichen Himmel, das Glück steckt in Jos Taschen, zwischen all den Schrauben, Feuersteinen, Federn, getrockneten Pilzen, dem bisschen Kleingeld, das er dabei hat, und dem Haschisch. An diesem Mittag im Sommer 1977 weiß ich nicht, wie man Abschied buchstabiert. Ich lese das *Kommunistische Manifest,* rühre im bolivianischen Urwald die Bohnensuppe um. Jo weiß es, denn er hat den Maoisten-Ehemann gesehen und auch Chesu.

Jo lacht. Sein weißes Leinenhemd ist am Hals gerissen.

Fangen wir noch einmal an? fragte er.

Er sammelt Knöpfe. Seine Augen sind blau und die Nase hat einen Knick. Er ist liebenswert. Wie ihn kenne ich keinen. Eine samtene Stimme mit dunklem Unterton. Manchmal lispelt er. Und er ist so lustig. Jo legt eine Hand in meinen Schoß. Seine Hände sind klein, grob, ich habe sofort mit ihm geschlafen. Wir haben uns nur angesehen, in einem Laden.

Reiner Zufall, dass wir uns trafen. Wir sind spazieren gegangen und übereinander hergefallen. Zwei hübsche Dummköpfe, denen nichts geschehen wird, solange sie sich ihre Namen sagen. Natürlich sind wir rücksichtslos, wir glauben fest an einen Engel an unserer Seite. Der Engel schaut aus wie Jo und ein klein wenig auch wie Netti. Die ganze Welt hat nichts Besseres zu tun, als uns zuzusehen. Glück, ruft die Welt. Hallo. Ihr Zwei.

Wir könnten Geschwister sein. Ich habe keine, Jo hat zwei Schwestern. Die eine ist Junkie. Das letzte Mal, als er von ihr hörte, war sie am Leben. Sie haust in einer Höhle in Nordspanien. Die andere rettet Tiere.

Und deine Mutter? frage ich.

Jo schaut mich ungläubig an. Er antwortet nicht.

Deine Mutter, sage ich. Was ist mit ihr?

Sie hat 'ne Kneipe. Sie kocht.

Für wen?

Für Männer aus Sizilien.

Anette, haben Sie das nötig? fragt Dr. Geyer. Eben fällt es mir ein. Ich steige aus ihrem VW Käfer, hinaus auf die Wilhelmshöher Allee, wo Jo wohnt. Dr. Geyer wiegt zwei Zentner, sie ist meine liebste Lehrerin.

Sie haben doch bald Ihr Abitur und wollen studieren. Dr. Geyer setzt Hoffnung in die kleine durchgeknallte Tupamaro-Braut. Sie hat mir so ziemlich alles verziehen. Den Sarong, in dem ich in ihrem Unterricht auftauchte, die schwarz lackierten Fingernägel und mein Schwänzen, weil ich im Schlepptau einiger Idioten hinter einem LKW mit Mugabe drin herlaufen musste. Für den LKW habe ich vor Kasernentoren Geld gesammelt. Wegen des Maoisten-Ehemanns; er wird Lehrer werden. Die anderen Schlepper bauen ein Hochhaus in Frankfurt, landen in Redaktionen, bei Funk und Fernsehen oder als Biobauern auf zugigen Höhen. Im Frühtau durch die Pyrenäen.

In der Wilhelmshöher sieht Dr. Geyer ihre Zweifel um die Ecke kommen. Was sie nicht sieht, ist meine Kaltblütigkeit. Die Seghers war ihr nicht recht, sie hatte mir Heine vorgeschlagen.

Ich habe Geografie studiert, Anette. In schwerer Zeit.

Ich weiß, womit sie gleich loslegt. Sie konnte nicht Professorin werden, weil irgendein Taschenträger das Rennen machte, der nicht halb so gut war wie sie, und sie musste sich mit ihrem Paket, pfundschwer Schuld, Untermiete bei Witwe Schulz, Rauchen und Männerbesuch verboten, in die hintere Ecke verziehen, durfte Tutorin werden.

Meine Mutter hat es sich abgespart, sagt Dr. Geyer.

Tschüß, sage ich, balle die linke Faust zum Gruß. Alles halb so schlimm. Ich sause über den Bürgersteig durch die offene Haustür, laufe die Treppen hoch. Wird mir nicht passieren, Dr. Geyer. Ich gehe zur Polisario, oder durch die Wüste. Barfuss, mit Jo. Vielleicht, na ja, studiere ich.

Die Straßenbahn rattert. Jo lächelt. Wir sind beim Friedhof. Die Ecke ist hässlich, ein Bruch. Der Norden zieht sich. Egal, wer ein- oder aussteigt. Hier sitzen nur der Engel und ich, halb aufeinander. Jo und Netti. Alle anderen Engel haben Fahrverbot.

Gleich in unserer ersten Nacht habe ich sein Dope aus dem Fenster geworfen. Es sah aus wie Krümel plus zermatschter Fliege. Ich wusste nicht, was es war. Schrecklich. Jo ist außer sich die Treppen runtergerast und hat stundenlang mit dem Feuerzeug den Gehsteig abgesucht. Er fing an zu weinen, hat die halbe Nacht geweint, bis ich wütend wurde. Das bisschen Dreck, sagte ich. Was machst du für ein Theater.

Der Maoisten-Ehemann trinkt höchstens ein Bier nach der Schulung. Chesu spielt Volleyball.

Jo weint auch, wenn er mich stößt. Ich kann nicht sagen, dass ich ihn mag. Oh ja. Ich mag ihn. Er hält mich umarmt, ein dicker Mann schwitzt neben uns, klammert am Haltegriff.

Knoblauchgeruch, die Sonne zaubert ein Mal auf das Ohr der türkischen Frau. Ihr Kopftuch ist verrutscht. Draußen Vorstadt, Häuser, Imbissbuden, ein Gemüseladen; der Autoverleih und die *Bodega*. Hella und ich gehen manchmal hierher. Viel armes Mensch und Asphalt. Jo klopft mit den Fingern einen Takt gegen die Scheiben. Er singt leise. Er hat hohe Wangenknochen und einen guten Mund. Wir erzählen uns unentwegt, ich vergesse all unser Reden im selben Moment, kaum haben wir damit angefangen. Es ist eine Melodie. Aus dem Nichts.

Eine sinnlose Heiterkeit ist in uns, kindlich und entzückt sind wir. Ich werde mein erstes Gedicht mit Jo schreiben, während wir vor einem Gartentor am Ende des Philosophenwegs stehen. Es ist ein großer wilder Garten, weit hinten, halb versteckt, ein schiefes Haus.

Fliederbüsche und Goldregen wuchern über den Zaun. Später wird die alte Frau, die in dem Haus allein lebt, erschlagen werden. Wir werden ihr nie begegnen, wissen nichts von ihrer Existenz. Die Mutter von Chesu wird mir einen Schnipsel aus der Tageszeitung schicken, ein paar Zeilen. Lapidar. Mord. Viele Jahre später werde ich mich beim Lesen der Notiz über den Tod einer einsamen Frau an die Sommertage im Jahr 1977 erinnern, und an das Gedicht, das ich am Abend desselben Tages in ein Schulheft schrieb.

Gedicht und Garten waren nur ein Zufall, wie Jo, dem es an jenem Nachmittag einfiel, mich an diesen Ort zu bringen. Wir werden fünf Töchter haben, sagte er. Flieder, Rebecca, Ricarda, Rut und Hortense. Wir lungern unter den verblühten Zweigen des Flieders, halb über den eisernen Zaun hängen wir; wir küssen uns. Plötzlich war da ein Wort und noch eins. Da waren fünf Namen. Jeder von uns flüsterte, bis sich ein Rhythmus ergab, vielleicht ein Sinn, und es sich leicht schrieb. Ich schrieb.

Ans Gedichteschreiben dachte ich nicht zu der Zeit. Unsere Stimmen gefielen mir, das Lachen und Sichküssen. Wir wollten noch hinüber, eindringen in diesen Garten voller Obstbäume, Büsche und Sträucher; wir haben es nicht getan. Sind nur oft stehen geblieben auf unserem Weg von der Kasseler Aue, die an dem Haus, in dem ich damals wohnte, zur Wilhelmshöher Allee führt, wenn man sich geradewegs durchschlägt, haben im Dunkeln in die Bäume geschaut. Jo mit Netti an der Hand und einem Joint. Jo hat immer einen Joint. Sein Mund schmeckt bitter, ein Geruch nach Gras und irgendwas. Sein Penis schaut aus wie eine Bananenblüte. Nie wieder habe ich mit einem Mann geschlafen, der so schön war, so vollkommen. Dem lieben

Gott, oder *mother nature*, unter deren großem, breitem Hut ich viele Jahre schlaftrunken und behütet lief, bis es ihr einfiel, mich ins Unterholz zu treiben, auf eine falsche Fährte, ist es in einer freundlichen Sekunde gelungen, Jo in mein Leben zu rufen. Ich habe nicht darum gebeten. Eitel, verrückt und selbstsüchtig. Niemals höflich, nur verletzt, voll Fantasie. Zauberhaft, wenn es darum geht zurückzubekommen, was man nie von ihm verlangt hat und worum man nicht betteln wird. Er bekommt es sowieso. Mädchen sind dumm. Für ein einziges Lächeln von ihm, für ein furchtsames Streicheln seiner muskulösen Oberarme würden sie alles tun. Suppe kochen, Böden wischen, ihn küssen und schlagen und tage-, wochenlang darauf warten, dass er zurückkommt. Einer wie Jo geht; man kann nur Salz vor die Tür stellen und die Katze füttern. Die Katze wird die Tür nicht öffnen, wenn er davorsteht und mit fremder Stimme seinen Namen nennt. Mein Kater ist schlau; er hat immerhin studiert. Bachelor in Kunst und Maulwurfsfang.

Aber so weit sind wir noch nicht. Noch sitzen wir in der Linie 1, Jo ist einundzwanzig, ich bin ein Jahr jünger, wir fahren zu Trillhof. Es ist heiß, plötzlich habe ich Durst. Jo trägt einen alten silbernen Ring an seinem linken kleinen Finger. Einen Ring mit einem roten und zwei blauen Steinen. Ich liebe Jo mehr als alle anderen. Ich lege meine Hand zwischen seine Schenkel, er sieht mich an, lächelt, zieht jäh die Schultern hoch und erschauert.

Wenn ich nach Hause komme, tagt da das Komitee. Der Maoisten-Ehemann hat Jo sofort verprügeln wollen, kaum war er zur Tür herein. Sie hatten eine Sitzung, lauter Schwachköpfe. Mao grinst über der Spüle, und da hockt auch der Che. Ich habe ihn aufgehängt.

Das Komitee kann Jo nicht ausstehen. Jo ist der einzige Bauer unter ihnen; sie haben ihn gleich gehasst. Jo arbeitet in einem Kindergarten. Er hätte gern einen kleinen Hund. Seit er bei mir ist, trage ich einen roten Faden um mein rechtes Handgelenk. Jo hat ihn mir umgebunden; er verkauft alte Wäsche und Kleider auf dem Flohmarkt. Damit er weiß, welche Sachen ihm gehören, zieht er bunte Fäden in die Kleidungsstücke. Jetzt bin ich der Faden. Ein roter Faden. Er ist meine Wiege und mein Brautbett.

Ich habe mir *O! Jolie* bei Karstadt geklaut; ich besprühe mich unablässig damit. Letztes Jahr war Jo für sechs Monate als Aushilfe bei Karstadt. Er hat nie wirklich etwas gelernt. Mal hier, mal dort. In diesem Sommer singen wir *Love is in the air*, ein bescheuertes Lied. Meine Freundin Lili singt es und tanzt dazu in ihrer Wohnung in der Schanzenstraße. Sie tanzt mit Mick Jagger, der über ihrem Klodeckel schon mal auf Alzheimer übt. Ein Jahr später werden Jo und Lili nach Portugal fahren; eine unglückliche Geschichte. Wird nicht gut enden. Jo wird durch einen reißenden Fluss schwimmen, um Lilis Fiat zu holen, den sie auf der anderen Seite des Tals haben stehen lassen, weil sie vögeln wollten. An einer seichten Stelle im Fluss.

Sie werden Schafshirn in einer Kneipe essen; Lili wird kotzen. Sie ist sensibel. Tier bekommt ihr nicht. Und dann Hirn! Jo sieht einer mageren Portugiesin tief in die Augen. Schaut aus wie ein Junge. Verhungert, mit halblangem dunklem Haar. Junge mit Titten. Keine Frau. Was Lili wütend bemerkt. Lili wird Jo vergessen, wie sie alle vergisst, die sie bezahlt und die sie betrogen haben. Jo ist keine Ausnahme. Er betrügt. Er glaubt, sie ist es ihm schuldig. Nicht besser und nicht schlechter. Lili weiß das nicht. Jo hat einen schönen Arsch, er ist jung; und ein Betrüger. Lili wird nicht daran denken, dass sie mir wehgetan hat, und ich werde ihr nicht verzeihen. Verrat verzeihe ich nicht. Ich verzeihe Lili nicht. Sie hat längst vergessen, worum es mir einmal ging. *O! Jolie* und *Love is in the air.* Sie ist älter, vielleicht klüger. Sie hätte es wissen müssen. Schon während ihrer ersten Station, damals, auf dem Weg nach Portugal, hatte Jo eine Schweizerin, bei der Lili und er wohnten; er ging nachts in ihr Zimmer. Mitleidlos, mit diesen roten Locken und seinen Muskeln und den langen gebogenen Wimpern. Lili weinte. Sie hörte Jo und die Schweizerin flüstern.

Ein Schwanz wie eine Bananenblüte. Manches erklärt sich leicht; anderes nicht. Vermutlich hätte ich ihn aus dem Zimmer geprügelt, wäre ich dort gewesen. Lili war dort. Sie erinnert sich nicht. Ich habe sie gefragt. Heute hat Lili einen Töpfer zum Mann, spült Geschirr in einem Bergnest irgendwo in der Nähe von Bologna. Kleiner Dreckskerl, sagt sie. Hätte er mal Geld gemacht mit seinem hübschen Schwanz. Ich wollte ihn heiraten.

Geld interessiert mich nicht, Lili. Nur um Zigaretten zu kaufen. Geld interessiert Jo brennend.

Mein Schöner. Noch sitzen wir hier, in der Linie 1. Ich weiß nichts von dir. Du riechst gut. Und das ist wirklich ein Unglück.

Wir sind uns gut. Die Welt fällt über uns her, Fahrräder wechseln die Spur. Bis Trillhof ist es nicht mehr weit. Ich fahre das erste Mal durch die Nordstadt, die Gegend ist mir fremd. Ich bin noch nicht lange in der Stadt, kenne den Vorderen Westen, Wilhelmshöhe, die Kasernen am Stadtrand und mein Gymnasium neben der Murhardschen Bibliothek.

Warum mag ich ihn, den ich nicht kenne und der mir nicht antworten wird. Bestimmt tut er es nicht. Soll ich ihn fragen? Allzu viele Fragen machen Jo nervös. Noch bin ich furchtlos, mit diesen verrückten Kleidern, weiß nicht, wie man Artischocken kocht.

Was weißt du, Jo? Was, wen siehst du, wenn du mich ansiehst? Al Fatah, oder das Dope, das du rauchst? Verkaufst

Kram. Manchmal wird deine Stimme plötzlich gehässig, dein Schritt schneller und du schüttelst mich ab. Berühr mich nicht, sagst du. Meine Haut brennt. Du hütest Kinder, das wird sich bald ändern. Ich sehe dich, sehe die Stadt, aus der ich fortgehen werde. Ich habe Abitur und will studieren. Du wirst nicht mit mir gehen. Vom ersten Augenblick an ist mir das klar. Bist nicht der Mann, der mir folgen wird. Löst dich in Luft auf. Wirst Dope rauchen und anderes schlimmes Zeug, von dem ich nicht einmal ahne, dass man es rauchen kann. Wir werden kein Kind haben.

Am 23. Juli 1977 wissen wir nichts von Verrat, wir sind voll Liebe, ungeduldig, wir stecken ineinander und lächeln uns an. Unsere Münder öffnen sich, wir reden und reden und reden.

Sinnlose Heiterkeit. Wir können zaubern. Oh ja, wir sind füreinander gemacht. Schaut uns zu. Jo und Netti. Der Himmel schlüpft durch die Tür der Linie 1, setzt sich neben uns. Die türkische Frau seufzt, zupft ihr Kopftuch zurecht und wuchtet sich von ihrem Sitz hoch. Im Winter 1977 werde ich versuchen, Ordnung in Jos Leben zu bringen.

Beseelt, ich bin ein Wille, den Kriegsblinden-Mittagstisch meiner Mutter zielgenau vor Augen. Natürlich ein Unsinn. Ebenso gut könnte in China ein Sack Reis umfallen. Ich werde mich mit dem Maoisten-Ehemann auf halber Treppe zum Dachboden an den Haaren reißen, bis er stolpert. Mao knallt brüllend die letzten drei Stufen runter.

Chesu arbeitet im Frachtdienst bei der Post. Nachtschicht. Praktisch. In der Nacht liege ich bei Jo. Chesu trifft sich heimlich mit einer Arbeiterin, tagsüber lernt er bei seinen Eltern in der Kantstraße für eine Geschichtsklausur. Wir sind quitt. Die Arbeiterin ist blond, sie ist zehn Jahre älter und hat zwei Töchter. Jo wird die Ordnung, die ich ihm erdenke, regelmäßig zerstören. Er hat keine.

Struktur, sage ich, Jo. Hörst du?

Struktur? Kann man die rauchen? Jo will nur eins, davonlaufen. Mit dem Wind, hinter einem Gelächter her. Keiner wird ihn finden.

Du weißt nicht, wer ich bin, sagt er, während meine Zunge seine Ohrmuschel leckt.

Ist das wichtig?

Ein fetter Junge in Shorts presst eine Schildkröte gegen die Wange. Er zappelt vor Freude. Das Tier hat den Kopf eingezogen, rudert wild mit seinen vier Beinen. Endstation. Die Türen öffnen sich. Wir steigen aus. Wir sind am Rondell.

Ich zünde mir eine Zigarette an. Jo starrt auf die Gleise. Es ist heiß. Der Fahrer ist aufgestanden, er streckt sich, gähnt. Schirmlose Mütze, darunter ein dürrer Mensch. Mütze sieht uns blicklos an. Jo nestelt Dope und Blättchen aus der Tasche seines Blaumanns.

Ich sehe Schienen, ein Wasserhäuschen. Gärten, eine endlose Straße, in der Mitte staubige Bäume. Es ist still, kaum Autos. Nichts regt sich.

Unter der Markise des Wasserhäuschens steht eine Frau und trinkt Bier. Der fette Junge ist verschwunden. Die Frau schwankt, sie winkt mir zu. Ich hole rasch meinen Lippenstift hervor, bemale meinen Mund. Zinnober. Meine Haut ist trocken. Die Nase schuppt sich. Ich habe rote Haare, wie Jo. Stecke eine Strähne unter mein Al-Fatah-Tuch. Jo raucht. Danach ist er meist lustig. Wir stehen an der Endstation der Linie 1 und schauen in den Kasseler Himmel. Ich fasse Jo an der Hand. Wir laufen an Schrottplätzen und verlassenen Grundstücken vorüber. Sogar unsere Schritte gleichen sich. Wir küssen uns. Jo hat aufgesprungene Lippen, sein Kuss schmeckt nach Gras, er streicht mit breiten rauen Fingern flüchtig über mein Gesicht. Ein Schäferhund bellt.

Wie weit ist es? frage ich.

Er wird kleine Mädchen schlecht behandeln und nicht fragen, wie es ihnen geht, nachdem er sie verlassen hat.

Mädchen, an deren Namen er sich keinesfalls erinnern kann, denn es sind zu viele. Unmöglich, er ist so schön, und die Mädchen sind es nicht. Er wird sagen, ich hab dich lieb. Mir wird er das nicht sagen. Sicher. Schwören wird er. Er wird hinter einer knien und Gott anflehen, ihn bitten, ihm die Ration Heroin oder Koka für diesen einen Tag zu beschaffen. Und danach nie mehr, nie mehr.

Wohin gehen wir? So schön bist du gar nicht, Jo. Du bist nur ein Wunsch. Du bist, was ich mir erdenke. Ich sehe dich immerzu an. Ich bin jung, ich bin Netti. Fröhlich und gesund in meinen seltsamen weiten Hosen und dem Blümchenkleid; ich bin Al Fatah. Ich bin eine Gans.

Die Gartengrundstücke, alte Autos zwischen Büschen, ein paar Rosen, leere Öltanks, Ginster, Wohnwagen und Buden rechts des Wegs nehmen kein Ende. Wohin gehen wir? Ich habe Durst. Wir gehen zu Trillhof.

Trillhof ist ein Flachbau aus Glas, Beton und Ziegel. Eine Lagerhalle für alte Kleider, Papier, Metall und Abfall. Für vier DM das Kilo bekommt man, was immer man sich aussucht. Jo hat mir von Trillhof erzählt, weil ich so sehnsüchtig nach Kleidern bin, nach Zeug, das kein Mensch mehr haben will. Pelze, Schuhe, Hüte, Wäsche kriegt man hier. Alteisen, Leder, Gardinen, Morgenröcke, seltene Stofftiere, Puppen.

Eine leere Zufahrt, umzäunt. Die Tür zur Lagerhalle steht offen. Türkische Leute lehnen am Eingang. Viele Leute, Stimmengewirr. Zigarettenrauch. Händler kommen und gehen. Jo lässt meine Hand los. Strafft sich, er hält den Atem an. Sein Mund wird klein, eng, die Augen werden wachsam. Ich bin verblüfft, kann nicht schnell genug folgen. Als prüfe er das Terrain. Irgendein Hinterhalt? Ecken, in denen nichts Gutes lauert, geht Jo die Stufen hinauf, schlenkernd, mit einem eigentümlich eisigen, lauernden Blick. Ich stolpere neben ihm.

Jo. Hallo. Alter, lässt dich mal blicken? Hast du was zu rauchen? Scheiß Tag heute, gibt nichts. Scheiß Hitze. Neue Puppe? Was issn mit der alten? Morgen Abend? Hacienda? Bring was mit, ich hab nichts mehr. Ebbe. Kannst die Oma verkaufen. Alles weggeraucht. Ach, Ritchie ist runter. Ja. Runter. Ich sag's doch. Ey, Mann, mach nicht auf blöd. Abgetaucht. Friedhof? Ritchie? Ja, Ritchie. Ist doch 'ne Scheiße. Alter?! Alter, ich verlass mich auf dich. Jo. He. Mann. Und sag nicht, du hast nichts. Kasseler Slang.

Im Innern der riesigen Halle ist es dunkel und kühl. Kleiderberge türmen sich bis unter die Decke. Davor Betonfußboden, ein Seitenraum, Waagen und zwei oder drei Kassen, an der je eine Frau steht. Es ist ein lautloses emsiges Getriebe, ich denke an einen Tross blauer Ratten auf Schatzsuche. Ich fange sofort an zu husten, mir ist schwindelig, und ich will raus.

Komm. Jo ist auf einen Berg geklettert; der Haufen scheint lebendig zu sein, er bewegt sich. Jo hält Federn, rosafarbene Fetzen, ein Paar geknöpfte Männerstiefel hoch. Er bückt sich, wühlt, zieht Neues hervor, besieht es sich, prüft. Wirft weg. Er turnt höher hinauf. Mit ihm stehen andere, Männer und Frauen graben bis zu den Schultern in Resten weggeschmissener Altkleider und wollen noch tiefer hinein.

Kommst du jetzt?

Ich sehe mich um. Es sind so viele Menschen. Ein Nagen und Flüstern und Schaben. Vor einer der Kassen streitet ein Junge mit zerzaustem blondem Haar um eine Wildlederjacke. Der Junge ist vielleicht siebzehn, er trägt ein Holzfällerhemd, Roots-Schuhe und einen gestickten Beutel. Er hat eine Zahnlücke, er hüpft hin und her, während er um den Preis feilscht. Der Junge wird laut, er will nicht zahlen, jedenfalls nicht so viel. Ich sehe ihm eine Weile zu. Ich denke, ich kenne dich. Ein Name fällt mir ein und Tante Trude, in deren Garten ich Himbeeren pflücken musste.

Trude hatte, die reine Bosheit, eine gigantische Anzahl von Himbeersträuchern. Sie war zu dick, lebensfroh und schlau. Sie pflückte nie auch nur eine einzige Beere. Ich pflückte, abkommandiert. Trude schmierte derweil Schnittchen, schaute aus ihrem Wohnzimmerfenster, es ging auf den Garten, mich streng im Blick. Sie gönnte sich Eierlikör. Immer heiter, Kind, sagte sie.

Jewel, denke ich. Die Roots-Schuhe, Trude. Himbeeren, das Hüpfen und dieses Gelächter.

Gleich wird der Junge zu singen anfangen, *Vorwärts und nicht vergessen*: Sang er mit mir in Trudes Garten, wir pflückten Himbeeren. Er war durch den Zaun gekrochen, von nebenan, sein schamloser Blick brachte selbst Trude auf Trab. Ein Kasper; dabei sanft, zu mir liebevoll, hilfsbereit und sich selbst im Weg, war er von Grund auf widerspenstig. Jewel redete wie aufgezogen. Er kaute Mohnkapseln, sein Vater war abgehauen.

Netti, kommst du jetzt!? Jo ist wütend. Er ruft.

Jewel? frage ich leise. Ich drehe mich einmal um mich selbst. Der Junge ist fort. Nur eine Laune, ein Gesicht; sicher nicht das Gesicht von Jewel. Jemand schubst mich. Ich falle beinah. Eine scheußliche Luft. Der Berg, auf dem Jo steht, Kleider über dem Arm, atmet. Lieber wäre ich jetzt in einem Erdbeerfeld oder unter einer Horde von Sumpfvögeln.

Jewel wird in einem italienischen Gefängnis sterben. Ich träume nie von ihm; er legte Feuer in einer Schule. Im Sommer liefen wir nachts zum Autobahnzubringer, um dort herumzulungern. Jewel sang.

Ich klettere mutig auf den Berg und versinke. Jo! rufe ich. Entsetzt. Der Geruch, Parfüm, Haut, Tier, auch Fleisch, lange begraben, ist ekelhaft. Ich rufe nach Jo, laut; finde mich unter Gaze, Bettwäsche, Tirolerhüten, seidenen Strümpfen, Fünferset, unausgepackt, unter einem Traum von einer

Boa wieder. Die Boa ist zwei Meter lang, Marabu. Ich muss niesen.

Was tust du? Jo zerrt mich hoch. Wen hast du gesehen? Ich hab gute Augen. Warum bist du nicht bei mir? Du wolltest hierher. Netti. Hm?! Ich hab viel gefunden. Ist nicht verkehrt, hat sich gelohnt. Jo nickt. Seine Augen funkeln. Ich niese.

Ein Kleid für dich. Da. Und noch was. Ist dir schlecht? fragt er. Hallo? Wo bist du?

Ich mag nicht hier sein, sage ich kläglich.

Soll ich mich darüber freuen? fragt Jo. Mit einem bösen Unterton in der Stimme, die Stimme verzerrt, er seufzt, mustert missmutig einen Schlafanzug.

So kenne ich dich nicht, Jo.

Weiß nicht, hast du deine Tage?

Ich starre ihn an.

Scheiße, sagt er gleich darauf. Ich muss raus. Ich muss rauchen. Schau, was ich gefunden habe. Jo klimpert mit Knöpfen, hält mir eine Handvoll Perlmutt hin.

Ich greife zögernd nach der Boa, lege sie um meinen Hals.

Wickele sie um den Bauch. Über die Hose. Müssen wir sie nicht bezahlen. Mach. Alles ist gut. Jo fasst mich unter die Achseln, zieht mich an sich. Wir schaukeln auf dem Berg von Dreck, fast unterm Oberlicht stehen wir. Er hat traurige Augen, blau, mit grünen Sprenkeln.

Gierig. Ich kenne ihn nicht. Werde nie die Traurigkeit verstehen und mich nicht an seine Augen erinnern. Ich werde ihn verlassen. In diesen Augen kann man ertrinken; ich werde es ganz gewiss nicht tun.

Das Kleid, Netti. Jo senkt das Kinn, fummelt aus dem zusammengesuchten Plunder ein kleines Schwarzes. Es staubt, als er es ausschüttelt. Kindergröße, mit Paspeln, kurzen Ärmeln und einem Volant. Es könnte dir passen, sagt er.

Ein bisschen eng und zu kurz. Sehr eng, eine Achtjährige käme problemlos hinein. Ich bleibe im Ausschnitt stecken.

Jo! Ich lache. Schwan verkehrt.

Edith Piaf, sage ich.

Wer?

Die war winzig. Kleid für Edith. Ich heb's auf.

Zu der Boa, sagt Jo. Wenn wir zu Steffi gehen.

Ich nehme das Kleid, halte es mir an. Ich muss noch immer niesen.

Und einen Harlekin habe ich.

Der ist wirklich ein Wunderwerk. Lauter Glöckchen, ein bunter, schon mürber Stoff. Alt. Aus einem Stück gearbeitet, achtsam genäht. Ein zartes, kummervolles Gesicht.

Ich hatte nie eine Puppe, sagt Jo. Ich muss rauchen. Sagt er. Raus hier.

Wie kommen wir runter? frage ich.

Na, ich halt dich fest.

Wir müssen bezahlen, sage ich.

Wir können zum See fahren, sagt Jo, bepackt, wir steigen ab. Vorüber an den blauen Ratten, Meter für Meter. Sumpfvögel fliegen neben mir auf; Jewel wartet am Rande des Erdbeerfeldes. Aber ich habe keine Zeit. Tut mir leid, Jewel. Ich bin mit Jo. Er hat ein Kleid für mich gefunden. Und einen Harlekin. Später wird man Jo die Puppe stehlen, als er keine Wohnung mehr hat und auf der Straße lebt.

Küsst du mich? frage ich.

Nein.

Jo ist zu sehr beschäftigt. Auf einmal bin ich traurig. Ich stehe hinter ihm, vor der ersten Kasse wartet eine lange Schlange. Wir reihen uns ein. Mit der Boa um den Bauch ist mir ziemlich heiß. Jo redet mit allen Leuten.

Geh vor, sagt Jo. Ich komme gleich.

Jewel steht in der Zufahrt. Jo gibt mir einen Klaps, fasst mich ungeduldig um die Hüfte. Er boxt mich. Geh schon.

Ihr ist nicht gut, sagt er zu der Frau, die müde ausschaut und unruhig die Zehen bewegt. Die Frau nimmt teilnahmslos die Ware entgegen, legt sie auf die Waage.

Die Sonne brennt. Jewel hat die Wildlederjacke über die linke Schulter geworfen, läuft über den Grünstreifen, ich sehe, seine Füße sind nackt in den Roots-Schuhen. Jewel hüpft, er springt alle paar Meter in die Luft, rennt quer über die Straße zu den Häusern hinüber und verschwindet.

Ich bin die halbe Strecke zur Straßenbahn zurückgelaufen, als Jo neben mir auftaucht.

Netti?

Ich drehe mich um und schlage ihm ins Gesicht. Ich reiße mir das Al-Fatah-Tuch vom Kopf, schlinge es um Jos Hals. Geh weg. Sage ich. Verschwinde.

Wir fahren nicht an den See. Ich gehe nach Hause, und du haust ab.

Ich will das Kleid nicht. Die Boa kannst du behalten. Geh weg, Jo. Ich habe Durst. Du bist nicht, was ich wollte. Ich bin zornig.

Brichst mir das Herz. Sagt er. Was habe ich getan?

Zwei Tage kennen wir uns, wir waren schwimmen, und schon sage ich solche Dinge.

Ich muss etwas trinken, Jo. Er hebt brüsk die Hand, ich weiß, er wird nicht zurückschlagen.

Tu's, sage ich. Ich kann für nichts garantieren.

Warum? fragt er.

Du verrätst. Du drehst dich nicht um. Jo? frage ich. Ist das dein richtiger Name?

Er zuckt die Achseln.

Du bist schön. Du riechst gut. Du bringst kein Glück.

Ich kaufe mir eine Cola am Kiosk der Endhaltestelle der Linie 1, am Rondell.

Ich werde nicht mit dir gehen, sagt Jo.

Ich auch nicht mit dir.

Gehst du zu dem Arschloch im Philosophenweg zurück? Ja?! Sag. Und zu dem anderen? Beides Idioten. Du schläfst mit ihnen und stehst hier mit mir? fragt Jo. Er wird mich schlagen.

Scheiße Scheiße Scheiße. Du willst wirklich zurück? Warum? Er schreit.

Ich wohne dort, sage ich. Soll ich zu dir ziehen? Für die kurze Zeit?

Er nimmt mir die Cola aus der Hand, trinkt einen Schluck. Warum schläfst du mit ihnen? fragt Jo.

Ich fahre zu meiner Mutter. Sagt er.

Na, tu das doch.

Ich will das Kleid nicht, Jo, sage ich. Ich bin wirklich verzweifelt. Ich trete mit dem Fuß auf, beiße mir die Fingerknöchel.

Lass uns zum See fahren, bittet er. Seine Augen sind dunkel vor Schmerz, ich weiß, ich werde anfangen, ihn zu hassen, wenn er bei mir bleibt. Ich weiß nicht, warum wir von so einer hohen Klippe ins Wasser springen wollen. Ist es die Hitze?

Die Straßenbahn kommt nicht. Wie spät ist es? Wir sehen aneinander vorbei; das Al-Fatah-Tuch liegt im Rinnstein. Soll es liegen bleiben. Schweiß rinnt über mein Gesicht.

Der Lippenstift ist längst abgenagt. Sein Geschmack in meinem Mund; Tränen laufen über mein Gesicht. Du wirst verraten. Sage ich. Egal, mit wem ich schlafe. Wir werden uns wiedersehen, und du wirst nicht wissen, wer ich bin. Du gehst, und du hast keine Erinnerung.

Ich bin deine schöne marokkanische Mamma, sagt Jo, dreht sich, reibt seinen Arsch an mir.

Die Bahn kommt. Wir steigen ein, zwei Fremde. Ich möchte ihn verprügeln, mit einem Stock. Ich möchte Chesus eisige Zurückhaltung; sein Haar nachts in meinen Fingern, er stöhnt. Ich möchte den Maoisten-Ehemann von der

Stiege zum Dachboden hauen, einfach runter. Ich möchte schreiben.

Ich will schreiben, Jo, sage ich. Wir stehen in der Linie 1, zurück zum Kirchweg. Ich möchte eine Schriftstellerin werden.

Ich will einfach schreiben. Ich weine so sehr, dass der Fahrer nach uns schaut. Es ist der 23. Juli 1977, und ich will schreiben. Jo, mit dem Packen Kleider über dem Arm, ist zurückgetreten. Er weiß nicht, wer ich bin.

An der Ingenieurschule steigen wir aus. Laufen stumm zur Wilhelmshöher Allee. Wir sprechen kein Wort miteinander.

In Jos Wohnung im ersten Stock sitzt Theo zwischen Sperrmüll, *Guru Guru* dröhnt. Die Nachbarn werden klingeln. Theo kifft. Der Junkie-Junge von gegenüber schleicht an uns vorüber.

Kommst du mit rein? fragt Jo. Theo? ruft er. Dreh leiser.

Weiß nicht.

Na, komm.

Wozu? frage ich.

Ich hab was für dich, sagt Jo, schiebt mich durch die Tür.

Ich muss was trinken, sage ich. Die Cola war eklig süß. Ich verschwinde in der Küche, halte den Kopf unter den Wasserhahn. Mir ist übel, ich habe den ganzen Tag nichts gegessen. Kaffeesatz und schimmelige Reste im Ausguss.

Theo taucht auf. Hi. Ja ja. Schwachkopf, denke ich. Wo wart ihr? fragt Theo heiser.

Nirgendwo. Wo ist Jo? Theo macht sich nicht die Mühe, den Mund zu öffnen, wenn er einen Satz ausspricht. Theo schluckt und raspelt Wörter, stößt sie undeutlich hervor. Manchmal gelangen die Wörter tatsächlich zu demjenigen, der sie hören soll.

Such ihn, sage ich. Ich weiß nicht.

Im Bett, sagt Theo. Ey, Alter. Was liegst du im Bett? Ist doch drei Uhr. Was tust'n du? Schläfst du? Theo lacht sein bescheuertes Kifferlachen, dreht ab, geht in sein Zimmer zurück. Cat Stevens. Auch nicht besser. *My Lady D'Arbanville.*

Jo. Ich setze mich auf den Bettrand, presse mein Gesicht auf seine nackte Brust. Er hat goldblonde Haare, große, dunkle Brustwarzen, eine helle Haut; sein muskulöser Arm umfasst mich.

Schau, sagt er. Schlägt die Bettdecke zurück. Ich sehe nach dem Bunker vor dem Fenster, will nicht hinschauen, nicht unter die Decke.

Cat Stevens müht sich. Ich kann das Lied nicht ausstehen. Ist das nicht der Käfer von Dr. Geyer? Im Schritttempo durch die Gräfestraße, auf der Suche nach einem Parkplatz.

Jo drückt mich zwischen seine Schenkel. Er legt seinen Penis an meine Wange, ich spüre etwas Glattes. Ich taste vier Beine. Ohren. Eine Mähne, Augen. Ein gezackter Schweif. Lack. Jo gibt es mir in die Hand, er reibt sich an meiner Nase. Er zuckt mit den Beinen, hält meinen Kopf fest.

Ich greife nach dem Ding. Jo hat die Augen geschlossen. Er seufzt. Was ist das? flüstere ich.

Für dich, seufzt Jo. Hab ich gefunden. Nimmst du mich in den Mund? fragt er.

Es ist ein kleines rotes Pferd. Weiß abgesteppt. Fünfzehn Zentimeter hoch. Gefüllt mit Holzwolle. Für ein Kind gearbeitet. Unterm Bauch ist die Naht geplatzt; jemand hat zu nähen versucht, Faden und Nadel stecken im Schweif.

Was soll ich damit? Ich nehme Jo in den Mund. Er schmeckt salzig, nach Brot und Schweiß.

Er liebt mich wie einer, der in mir wohnt. Haus. Pferd. Brot.

Das kleine rote Pferd wird mich begleiten. Da ist Jo längst fort. Ich bin fortgegangen, nicht er. Das darf ich nicht vergessen.

Das rote Pferd hat all die Jahre, die ich mit Schreiben verbracht habe, auf der obersten Sprosse des metallenen Regals, links von mir, gehockt. Auf dem Regal, das mein alter Freund Hansen zurechtbog, er hat Bärenkräfte, allein konnte ich es nicht aufstellen, liegen in den einzelnen Fächern Mappen mit Manuskripten, Bücher, alte Dosen mit Fotos drin, Tempo-Taschentücher, ein Foto von Zwetajewa, bevor sie sich umbrachte, und obenauf ein Herz aus Holz. Li schenkte es mir. Ein Parfümfläschchen. Die Telefonnummer meiner Psychiaterin. Ordner. Klarsichtfolien, Kontoauszüge. Gummiringe und ein Mascara.

Wir werden uns wiedersehen, Jo. Du schmeckst gut. Das kleine rote Pferd weiß es, und ich weiß es auch.

ALTE KLEIDER

Ann-Marie Knauff ist nie allein, ihre Schwester ist dabei. Sie hängt im Fenster, träge, mit bösen Augen und schreit. Die Sonne wirft einen langen Schatten. Ich laufe vom Karzer herüber, biege in die Schiffergasse. Geranien tropfen. Haus Markt 2. Atelier Knauff. Letzte Woche war ich schon mal hier. Auf meinen Streifzügen durch die kleine Stadt treffe ich an jeder Ecke Gespenster. Die Stadt ist voller Spinner, Burschenschaftlern, Bauern und Marxisten.

Holländer sitzen im Café. Ann-Marie Ann-Marie, zetert es aus dem zweiten Stock.

Ann-Marie stöhnt, bepackt. Ich winke. Auf der Mülltonne liegt eine tote Taube. Ann-Marie, klein, krumm, in Blümchenkrepp, sieht zum Fenster hoch.

Was will die? Die schreit immer. Sie seufzt.

Die Häuser stehen eng. Viel Fachwerk, nachts Vampire. Elvis war in Nauheim stationiert. Ricky Shayne schaffte es bis in die Stadthalle zu Margits Modenschau. Mara, die mit Ed in der Ketzerbach über dem D-Zug-Grill wohnt, erzählt die Geschichte gern: Shayne trat nach der Pause auf. Mara und ihre Freundin, halb ohnmächtig, hatten Karten für die erste Reihe. Sie pinkelten sich gerade nass, als Shayne loslegte.

Manchmal hören wir nach der Vorlesung von Clär Vogel Lieder, für die andere sich schämen. Wir nicht. *Ich sprenge alle Ketten* ist die Rettung nach zwei endlosen Stunden Hélène Cixous. Die Strukturalistinnen sind seit dem Wintersemester der Hit. Wir verstehen nichts, es ist furchtbar, wir tun nur so, denn wir verehren die Vogel und sind alle verrückt nach ihr.

Liebe kommt, kein Mensch kann etwas dagegen tun. Was für Hélène Cixous *unendliche Zirkulation des Begehrens* ist, für Maras Freundin war es Ricky Shayne.

All die Dinge, nun, sie ahmt Vogels Stimme nach. Traum. Geschlechtlicher Natur, erklärt sie. Die Freundin, mager, kurzhaarig, ein zarter Terrier in lila Hotpants, wollte hinter Shayne her. Sie war vierzehn.

Bis Kassel. Mara nickt. Und weiter. Lüneburg. Wer will denn nach Lüneburg? *Sie ermangelt des Mangels*? Mara macht einen Mund wie die Vogel. Zu sagen, dass sie des Mangels ermangelt, heißt nach allem auch, dass sie nicht des Mangels ermangelt.

Wir kreischen. Ein saublöder Text, niemand wird uns dafür küssen, dass wir Cixous lesen.

Sie hätte die Klappe halten sollen, sagt Mara. Und Onkel Herrmann hätte beim Black Jack nicht verloren.

Ricky Shayne sang auf Hansa-Schallplatten. Er war blond, hatte große, gesunde Zähne, buschige Augenbrauen und lange Fingernägel. Maras Freundin wartete am Bühnenausgang. Shayne kam nicht. Er hatte es versprochen! Sie hatte ihm geschrieben, ihn angerufen, wo? In Rom? Hatte ihm gesagt, sie wolle seine Managerin werden, viele *bambini* kriegen. Sie wolle Lamborghini fahren mit Mara. Mara? Si. Sie hatte ihr Geld für die Aussteuer von der Stadtsparkasse geholt. Nächtelang blockierte sie die Leitung. Sie rief in Paris an. Shayne wusste nicht, woher sie seine Nummer hatte. Nur ein Spaß, ja? Anfangs hatte er mit ihr geredet, aber sie hörte nicht auf, ihm in den Ohren zu liegen mit *bambini*, Lamborghini, Mara und Rom. Wieso Rom? Er war Libanese, irgendwie auch Franzose. Er sang, um Geld zu verdienen. Bestimmt fütterte er eine zahllose hungrige Brut.

Sie hatte ihr Kaninchen laufen lassen und das Tagebuch neben dem Klo vergessen.

Die Tage würden hell und sehr heiß sein in Rom. Plötzlich tauchte Onkel Herrmann hinter der Stadthalle auf. Er steuerte über den Busparkplatz direkt auf Maras Freundin zu.

Stehst 'n da!? Glotzt? grunzte er. Er trug ein rosafarbenes Hemd, eine dunkle Brille, er sah finster aus und war ohne Strümpfe. Ich denke, du bist in Rom? Kaute am Zigarillo. Ricky Tricky. Onkel Herrmann schwitzte. Er kam vom Zocken, hatte ein Bierchen zu viel. An seiner Hose klebte Mayonnaise. Bist du blöde, murmelte er. Schrie laut: Das Geld her! Er riss Maras Freundin die Knautschlacktasche von der Schulter. Wenn du 'n Itaker sehen willst, kannst du zu Michele Pizza essen gehen.

So viel zu Cixous, sagt Mara.

Übrigens ging sie später mit GIs aus Gießen. Freitags, in den Club E. Sie wurde Köchin auf einem Schiff, fuhr bis nach Grönland und verschwand mit dem Ersten Offizier. Im Eismeer. Mara lacht.

Mara hat Ideen. Sie wird einmal zerbrochene Tassen bemalen, wird einen Kriminalroman schreiben und ohne Not meine Hand halten. Mara liebt Gärten, ihre Gesichtszüge sind weich. Sie möchte mit einer Bulldogge spazieren gehen. Mara wird mir ein gelbes Boot kaufen, damit ich auf der Lahn rudern kann. Meinen Geistern voraus, im Wind, mit den Alligatoren, die am seichten Ufer dösen. Neben mir Basco. Er ist vom Wehr herübergeschwommen.

Das Wetter ändert sich. Gewitter und tropische Regengüsse spülen Gestrandete auf die Wiesen vor der Stadt. Zeitläufer mischen sich unter die Fremden. Täglich werden neue kommen, begleitet von Tieren und seltsamen Pflanzen.

Fräulein Knauff, sage ich, Sie sind früh unterwegs. Ich strahle sie an. Wir sind verabredet, sie will mir ein Kleid zeigen, das sie genäht hat.

In der Gasse wird es nie richtig hell. Jemand hat Eimer voll Putzwasser ausgekippt.

Ann-Marie Knauff schaut stumm auf ihre Füße. Umzingelt von Einkaufstüten hat sie sich in die schwere Tür geklemmt. Schönes Leben, murrt sie. Sie ächzt, stößt ein Gurren aus und kickt einen Hühnerknochen in den Gully.

Sie sind so jung und studieren? Die kleine böse Fuchtel mustert mich. Ihr Gesicht ist viereckig, der Mund hat eine wunde Stelle. Die da ist nicht meine Schwester, höre ich. Bildet sich alles Mögliche ein. Ein hinterhältiger Blick trifft mich.

Fräulein Knauff, sage ich, wollen wir nicht hinauf, Sie zeigen mir das Kleid? Ich muss in die Bibliothek.

Oben ist meine Schwester, mufft es störrisch.

Dann warte ich auf der Treppe, sage ich.

Ann-Marie, Ann-Marie!

Da! Das Aas. Den ganzen Tag geht das. Ann-Marie lacht, sie zieht an ihren Strümpfen. Sie hat dicke Knie, ihr Hals ist schief. In ihren großen blauen Augen taucht eine Landschaft auf und das Gesicht der Schwester.

Ich sperre sie ein, und sie schreit. Die denkt, sie kann mit. Irrtum. Ich bin älter, ich gehe allein.

Wir stehen in der Tür des Hauses Markt 2, ich will das Kleid sehen. Vielleicht gibt sie es mir.

Sie hatte ein Modeatelier, entwarf Kostüme für große Tanzvergnügen. Ich bin sammelwütig. Leihe mir gern viele Leben aus, verkleide mich. Ann-Marie ist mir am Rathaus in den Weg gelaufen, als gerade der Hahn krähte. Sie hatte unsinnig viele Tüten dabei und ihre durchgedrehte Schwester. Mürrisches Landvolk strich vorüber.

Ich half ihr tragen, sie war grob und hochnäsig, kein bisschen nett. Kaum bogen wir um die Ecke in die Schiffergasse, schmiss die Schwester sich lang hin. Ann-Marie kicherte, sie nickte triumphierend, die Schwester, früher machte sie Hüte, zappelte. Sie wollte um keinen Preis der Welt ins Haus und in die Wohnung. War sie erst mal drin, würde sie so schnell nicht wieder rauskommen.

Sie hört einfach gern ihre eigene Stimme, murrte die Knauff. Los, fassen Sie mit an!

Warum? frage ich. Die Alte auf dem Pflaster hat wirklich Angst. Sie tut mir leid.

Ich schenke Ihnen was.

Ann-Marie zieht an meiner Hand, ihre Augen tränen. Sie lügt. Kleine Rente, schlimme Arthritis, die Irre am Hals. Immer zu zweit, nie allein. Unzertrennlich. Bis auf den Friedhof.

Aber sie geht zuerst, sagt Ann-Marie. Sie dürfen es mitnehmen, wenn es Ihnen gefällt.

Was ist es? frage ich.

Wenn wir oben sind, verrate ich es Ihnen.

Zusammen schaffen wir die Schwester durch die Tür und die Treppen hinauf. Sie heult in einem fort: Ann-Marie Ann-Marie. Fröhlich, sabbert und sieht aus wie ein Spaniel in ihrem beigefarbenen Zwangsjäckchen mit Puffärmeln.

Vor der Wohnung schlingt sie – Überraschung! – die Arme um mich und spuckt mir ins Gesicht. Ich lasse beinahe die Tüten fallen. Ann-Marie keucht, schließt auf, stößt die Schwester in den Flur.

Wiedersehn.

Sie wirft die Tür zu, dreht den Schlüssel. Geschrei fängt an.

Ey, Sie wollten mir etwas schenken! rufe ich. Sie hat mich ausgetrickst. Hinter der Tür fallen Schläge.

Was ist mit den Einkäufen? Ich klopfe gegen die Milchglasscheibe. Hören Sie. Was tun Sie da?

Die Spucke ist eklig. Ich rubbele sie weg. Das ist nicht nett von Ihnen! rufe ich. Ihre arme Schwester.

Sie können sie haben, schreit Ann-Marie heiser. Kommen Sie morgen wieder.

Morgen kann ich nicht, schreie ich zurück.

Mein Vater ist Polizeikommissar. Im Flur fällt ein Stuhl um.

Ich lache.

Was wollen Sie mir schenken? Ich bleibe stur. Ich bin neugierig.

Kommen Sie am Mittwoch, ruft Ann-Marie.

Und wenn Sie Mittwoch tot sind?

Bin ich nicht. Sie reißt die Tür auf.

Was ist es? frage ich freundlich.

Auf halber Treppe stehen zwei Leute und sehen zu uns hoch.

Fräulein Knauff hat Ärger mit ihrer Schwester, sage ich laut.

Endlich die Fürsorge. Wurde ja mal Zeit.

Ann-Marie erschrickt. Ein Kleid, sagt sie barsch. Von früher. Ich hab's aufgehoben.

Ich kann nicht sagen, dass ich Ann-Marie Knauff gern ansehe. Sie ist durchtrieben und ziemlich grässlich. Sie wollte einfach jemanden haben, der ihr das Zeug schleppt, damit sie ihre Schwester besser im Auge hat. Den Gefallen habe ich ihr getan. Wir stehen schon viel zu lange hier herum. Es ist Mittwoch. Die Ausleihe macht um zehn auf, ich muss los.

Dünne Wolken segeln vom Schloss herunter ins Tal.

Ich verschenk nichts, ächzt Ann-Marie.

Wie viel? frage ich.

Vorkrieg. Sie hält mir einen Müllbeutel hin. Fünf Mark, sagt sie und lächelt schlau.

Mein Herz setzt aus. *Fünf* Mark?

Es ist grün. Meine Schwester hat es einmal getragen. Sie war jung, und am Nachmittag, bevor wir ausgingen, ist sie im Garten in ein Beet mit Nesseln gefallen. Ann-Marie zuckt die Achseln. Keiner ist mit ihr hinter die Hecken, sagt sie. Wurde ein langer Abend. Sie hat gewartet, bis der Letzte ging.

Ich nehme den Müllbeutel, gebe Ann-Marie das Geld. Vorkrieg. Seit dem Tag, an dem ich in einem Reifrock durch das Dorf zur Eisdiele lief, bin ich auf der Suche nach alten Kleidern. Der Rock war aus Omi Rehleins Fundus. Meine Großmutter konnte zaubern. Sie suchte in ihren Koffern, fand Seide, Tüll, ein paar Fischbeinstäbe. Rehlein setzte sich hin, dachte kurz nach. Vertrau mir, sagte sie. Sie nähte immer einen Schwarm Bienen in das Kostüm, das sie für mich erfand. Niemand würde mir zu nah kommen oder über mich lachen. Ich hörte es summen, wenn ich die zugige Straße entlangstolperte.

Der Reifrock war nur eine von Rehleins absonderlichen Ideen, und ich liebte sie dafür.

Im Dorf mochten sie uns nicht, wir wollten fort. Zurück in die Stadt. Hier, in der Nähe des Deister, gab es Rüben und ein Fußballverbandsheim. Im Reifrock war ich eine Sonne, meist regnete es, und die Sommer waren kalt. Ich war darauf aus wegzukommen. Wie ein Trommelwirbel rannte ich mit Zambo, dem Dalmatiner, durch die Feldmark zu Bahlsen.

Fremd, auf der Flucht, der Guillotine glücklich entwischt. Unter dem freundlichen Gejohle der spanischen Arbeiter, die nach der Schicht vor den Baracken saßen, steuerten wir den Apfelbaum an und hielten Reden. Zu Hause trank meine Mutter ihren fünften Cinzano.

Omi Rehlein suchte nach einem Wespennest. Sie würde es am Morgen heimlich in meine Schultasche tun. Zur Sicherheit. Für die olle Espig. Die quälte mich im Kochunterricht.

Liebes Fräulein Knauff, sage ich, vielleicht treffen wir uns mal wieder vor Tchibo.

Denke nicht, mufft es. Sagen Sie, was studieren Sie? Ann-Marie blinzelt.

Volkskunde. Ich nicke. Und Deutsch.

Ach. Studiert man das? Die Alte heuchelt Interesse. Ich habe noch ein Hackbrett. Oben. Sie deutet auf ihre Tüten. Wenn Sie mir tragen, such ich es Ihnen.

Ich schaue zweifelnd. Sagen Sie Ihrer Schwester einen Gruß.

Ha, schnappt Ann-Marie.

Tschüß. Ich drehe mich um.

Totes Pferd, ruft Ann-Marie.

Wer? rufe ich zurück. Ich winke.

Sie. Ann-Marie schimpft und stößt die Tür zu.

Das Kleid ist schilfgrün. Hauchdünner Crêpe de Chine. Ärmellos. Ab der Taille stufig, mit x-Volants und einer Samtschleife am Saum. Auf der Asthmatreppe halte ich es mir an.

Ich spüre ein Schwirren in meinem Kopf. Ich springe zwei Stufen hinunter, das Kleid im Arm. Bei jeder Bewegung steigen winzige grüne Falter auf. Die kleine Stadt gefällt mir, aber lange bleiben will ich hier nicht.

Ich werde Luftpostpapier kaufen und Jo einen Brief schreiben. Während ich durch die Elisabethstraße schlenkere, fällt mir ein, dass ich seine Adresse nicht weiß. Mit Jo und dem grünen Kleid könnte ich bei Clär Vogel die Cixous vor- und rückwärts beten. Wir könnten den Film mit Birkin und Joe Dallesandro anschauen und hinterher so tun, als wäre ich Dallesandro und Jo die Birkin. Dallesandro ist ziemlich klein, muskulös, er hat blondes Schnittlauchhaar, einen herausfordernden weichen Mund. Ich habe sein Foto aus einer amerikanischen Zeitung gerissen, es neben das rote Pferd gepinnt. Ich will ein Objekt machen. Mara hat damit angefangen. Mara steckt gebrauchte Tampons und Schokoladensterne in die Klobürste, tanzt nackt zu Pattie Smith.

Die Vogel spricht über *Weibliche Kunstproduktion,* von dem

Haufen Mädels, der zu ihr rennt, sind wir fünf der Vortrupp, Mara, Van, Susie, Angie und ich. Wir sind Künstlerinnen, natürlich Avantgarde. Unausstehliche, schräg kostümierte Maultrommeln. Wir geben ein feministisches Literaturblatt heraus, jede von uns hat mindestens einen schwulen Freund.

Clär Vogel ist stolz auf uns. Kunst ist praktisch alles, was uns gerade in den Sinn kommt. Wir sind furchtlos, frech und ziemlich ekelhaft, wenn jemand widerspricht. Sinnlos heiter sind wir, dann wieder schrecklich ernst. Mir kommt immerzu eine schöne Idee, den anderen geht es genauso. Jeder Schritt, den wir tun, ist Aufruhr, auch wenn wir nur in der todhässlichen Mensa Grießbrei essen und das Matriarchat herbeireden. Die stalinistischen Schwachköpfe, die unsere Vorlesung sprengen, werden im Falle des Umsturzes vor die Karren gespannt. Sie sind die ersten. Versauen uns die knappe Zeit, in der wir *Orlando* durchhecheln. Ab geht es mit der Vogel ins Elysium, wo wir bis in alle Ewigkeit von Sternbergs *Marokko* angucken müssen. Clär Vogels Leidenschaft ist neben Cixous die Dietrich. Darum laufen wir alle ins Kino. An Nachmittagen mietet die Vogel unten in der Biegenstraße einen Kinosaal, lässt alte Schwarzweißstreifen zeigen. Van taucht als Garbo auf. Ed darf auch mit.

Vogel, ihrer scharfen Zunge wegen gefürchtet, ist sentimental. In München flog sie von der Uni. Sie musste ihre Dozentur aufgeben. Clär Vogel umgibt der Nimbus von Umsturz und Einsamkeit. Man munkelt, sie habe eine Freundin. Ed ist schwul, also einer von uns, was in der Zeit, in der wir uns bewegen, schon die halbe Miete ist. Die Vogel duldet ihn. Außerdem hat Ed ein Händchen für aufregende Fummel. Wir tragen gern Sachen, die andere vor uns anhatten, sehen ihre Körper im Spiegel. Wir denken uns Posen aus, schneiden Gesichter, erzählen Geschichten. Wir setzen uns Hüte auf und gehen auf Reisen. Verkleidet wird die ödeste Kaffeepause im Turm der Philosophischen Fakultät, dieser

Bausünde neben der Autobahn, zur Havarie im chinesischen Meer. Wir haben nicht viel. Uns gehört nichts. Wir sind Kinder von Arbeitern, Flüchtlingen, Ingenieuren, untere Mitte. Wir studieren Geisteswissenschaften. Klingt nach Verzweiflung und Gleichgewicht, sagt Van. Wir haben Fantasie.

Jung und beschützt stürzen wir durch die mittelhessische Welt, noch ist keine auf der Flucht.

Die misstrauischen Einheimischen gehen uns nichts an, wir leben Film. Abschiede, Tode – unausweichlich, Susie wird sich im Winter, dreißig Jahre später, ertränken – finden ohne uns statt. Wir sind Tempo, ein einziger Wunschbrunnen. Van wird mich verlassen. Angie, ernst, die Stillste von uns, hält stoisch sogar bei Linguistik durch. Da sind wir übrigens längst in der Kneipe, im *ZB*, lauschen Lene Lovich. Van ordert Cocktails. Angie wird uns voraus sein, mühelos. Ein holsteinisches Bauernmädchen, noch ist sie auf unserer Seite. Aber sie hält Ausschau und wird uns aus den Augen verlieren.

Ich könnte das Kleid zu einer Beerdigung anziehen. Vorher muss ich die Säume umnähen.

Wer will im Sommer sterben? Die Vogel möchte Bachmanns *Todesarten*-Zyklus mit uns lesen. Mara freut sich darauf. Ich will lieber mit Joe Dallesandro im Kirchhainer Baggersee vögeln. Nachts, wir treiben es auf einem schwarzen Autoreifen mitten im Wasser. Schöner Gedanke. Jeder liebt die Toten. Meine kommen noch. Sie stehen am Elisabethbrunnen und winken. Hallo. Schau her. Da sind wir. Ich winke nicht zurück. Ich habe das grüne Kleid von Fräulein Knauff bei mir. Das Kleid ist ein Traum und mein Pfand für Jos Rückkehr.

Wer ist denn Bachmann? Omi Rehlein las Groschenromane. Clär Vogel wird verrückt und einsam sterben, im Hospiz, mit Blick auf ein Stück Brache. Wir werden ihre Urne an einem düsteren, wirklich eiskalten Februartag versenken.

Wenige Freundinnen und einige ihrer Studentinnen, darunter die kluge kleine Mädi aus der Schweiz, Vogels Liebling, singen ein Lied für die Tote. Unsere Stimmen, ungeübt, leise, manche zornig wie die von Frida, verlieren sich in der schweren feuchten Luft. Im neuen Jahrtausend, von dem ich an diesem frühen Nachmittag nichts ahne und schon gar nichts wissen will, schmettern wir alten Weibervögel der brillanten, so traurigen Clär Vogel ein *Adelante* hinunter ins Grab.

Jetzt bin ich fröhlich auf dem Heimweg. Am Abend haben wir Sitzung bei Van. Es sind Semesterferien. Jo wird das Kleid mögen. Jo ist auf Ibiza. Ich habe ihn fortgeschickt. Er ruft nicht einmal an. Bevor ich ihn im Stich ließ und er aus meinem Leben verschwand, setzte er Fenster in einem Hochhaus ein. Irgendwo in Remscheid oder Wuppertal. Jemand sagte es mir. In dem Kleid könnte ich in einer stürmischen Aprilnacht am Meer spazieren. Die Wellen werfen Feuerquallen und einen Kranz aus grünen Blättern und Rosen an den Strand. Van, die neben mir geht, knabbert geröstetes Brot. Ich denke mir Dinge aus, und sie geschehen. Ich schreibe Gedichte. Van hat Medizin studiert, aber beim Sezieren wurde ihr regelmäßig übel. Der Gedanke, Knochen zu zersägen und die Tage mit Gestank und Leichen rumzubringen, wird erst die Generation nach uns beflügeln. Van wollte ihre Nase nicht länger in blutige Innereien stecken. Die Witze des Professors ödeten sie an. Der Mann, ein aalglattes Arschloch in Tennissocken, wurde lustig, wenn er mit der Fräse einen Brustkorb bearbeitete. Van wollte nicht warten, bis er ihr im Kühlraum sein bestes Stück in den Mund stopfen würde. Im letzten Sommer belegte sie Literatur.

Ich laufe nach Hause, den Wehrdaer Weg entlang. Ein freundlicher, gerader, noch dörflicher Weg, überschattet von Bäumen. Lichtflecken und Blättergewirr, auch im Sommer dunkel, voller Seufzer, rechts fließt die Lahn. Es gibt eine alte

Mühle, eine Bushaltestelle, Häuser am Hang, darüber Wald; eine Kneipe, den Kanu-Klub, Bootsanleger, einen Zigarettenautomaten, Garagen, Wasserratten und Jung und seinen Hund.

Jung wohnt unten vor der Einfahrt zur Privatstraße, die ich hinauf muss. Der Hund ist gemein. Ein großes pechschwarzes Tier, liegt ständig auf der Lauer. Jung und der Hund hassen sich. Flüche hageln vom Balkon, Jung brüllt. Unter ihm tobt Arkan an seiner Laufleine, rennt von einer Seite zur anderen. Arkan hat sibirische Vorfahren, behauptet Jung. Arkan hat unsere ganze Verachtung und die der Alten aus der Villa dazu. Die beiden führen einen Tanz auf, in den Pausen zeigen sie Leute an. Der blinde Jochen aus Haus 5½ spielt manchmal Schifferklavier, unterm Vollmond bei den Parkplätzen, die Jung von seinem Balkon aus im Visier hat. Die Musik macht den Hund so wütend, dass er sich bis Sonnenaufgang gegen den Drahtzaun schmeißt. Bestimmt wird ihn jemand vergiften. Vielleicht tut es die Alte. Zuzutrauen ist es ihr. Sie hat eine Lichtphobie, hält sich eine vertrottelte Diakonisse, damit sie die Zeit nicht allein totschlagen muss. Die Alte wartet nur darauf, dass ich die steile Anhöhe hinaufkomme, mit dem Kleid und den Büchern, die ich nun doch nicht zur Bibliothek gebracht habe.

Ich denke immer noch an Jo. Was er wohl macht? Auf Ibiza. Mit wem schläft er? Was wird er schon machen. Nichts. Er wird Kiff rauchen unter einem Wasserfall und darauf warten, dass er sich verflüssigt. Das Mädchen liegt wie ein Löffel, es kriegt den Mund nicht auf. Es starrt ihn schläfrig an, ihre nackten Beine sind sandig, es kichert. Zwei zarte Gespenster in einer flirrend heißen Luft. Sie zählen ihre Atemzüge und tauschen Küsse. Der Tag ist jung, Jos helle sanfte Stimme ist in meinem Ohr. Er wohnt in einer Höhle. Nachdem er mit Lili fertig war, ist er los. Bis Barcelona, von dort hat er die Fähre genommen. Denny, die ich auf einem

Treffen in Bremen sah, ist Jo zu dem Wasserfall gefolgt. Sie hat es mir erzählt. Was dann geschah, wollte ich nicht wissen. Ich weiß, was Jo tut. Jo kann es richtig gut, und das ist noch schlimmer. Man möchte in ihn kriechen, durch sein Ohr, oder in seinen Mund, man möchte unter seiner Zunge kleben und sich in süßen Rauch verwandeln, in eine Tigerkatze und möchte an seinem Rücken weinen.

Jo sammelt Mädchen wie Kiesel, steckt sich in sie hinein. Das Kinn hochgereckt, er verharrt. Regungslos, die schönen Augen geschlossen. Jo ist sehr kräftig, wenn er eine erst einmal umarmt, weiß man, dass man später nie wieder an etwas anderes denken kann. Mir wird schlecht. Mein Magen zieht sich zusammen. Lili und ich waren Prinzessinnen für Jo. Das Mädchen – eine Distel im Sand. Disteln sind zäh. Plötzlich bin ich hungrig.

Ich biege bei der Trauerweide links ab. Die alte Vermieterin sitzt in ihrem blauen BMW. Stumme Einfalt und Gier. Ihre hervorquellenden Augen schauen mich durch eine Raubvogelbrille vorwurfsvoll an. Lass sie bloß nicht das Fenster öffnen!

Tag, Frau Doktor. Sie hat gar keinen, hatte nur einen im Bett. Und der ist tot. Klar, mich erwischt es wieder. Wen sonst. Die alte Vermieterin wedelt höhnisch mit der Hand. Personal muss leiden können. Netti, sagen Sie – empört sie sich.

Ich kann es ihr von den Lippen ablesen. Sie hat Farbe aufgelegt. Die Alte will Geld ausgeben gehen. Wenn sie in der Laune ist, bin ich auf Schlimmstes gefasst. Kaufen, sie kann nichts anderes, bringt sie regelmäßig in fürchterliche Zustände. Sie leidet an Verfolgungswahn, sieht nachts Männer über die Streuobstwiese fliehen. Sie hört Klopfgeister in den Wasserleitungen der Villa, glaubt, wir würden mit Außerirdischen durch die Brennnesseln rennen und sie bei nächster Gelegenheit filetieren.

Die Stadt ist voller Leute, die durcheinander sind. Wie konnte ich nur so verrückt sein und hierher ziehen, ohne Jo. Vorbei. Ich bin allein. Ich studiere.

Netti, höre ich. Die blonde Alte fingert nach einer Zigarette. Netti, wo bleibt Idiiith? Das I empört sich.

E, Doktorsche, denke ich, E! Nicht I.

Edith? Wenn ich es wüsste. Ich schüttele den Kopf.

Der Schatten der Alten taucht auf. Edith hat schnell Likör gekippt, zockelt abgefüllt die Kellertreppe hoch. Sie ist winzig, hat einen Bart und riecht nach Pisse. Edith zwinkert mir zu. Die Damen wollen sich amüsieren. Möchte ich mal so enden, mit einer Edith, halb irre am Steuer eines BMW? Die Alte raucht, sie hat alle Fenster der Villa verbarrikadiert. Nachts lungern Waschbären auf der Veranda. Aus der Silberpappel fallen Tropfen. Ich pumpe mich mit warmer Luft voll, die von den Platten aufsteigt, und spüre das Loch in meinem Bauch.

Das Loch wird größer. Ich lache leise. Sonne kommt von St. Elisabeth herüber. Die Alte startet den Motor, würdigt mich keines Blickes mehr. Es wird sie bald umhauen, und eine ihrer Töchter wird mir als Andenken, um das ich nicht gebeten habe, ein Paar kniehohe Knopfstiefeletten schenken, rotes Juchtenleder, zum Schnüren. Sie wird also noch eine Weile auf einem der Regale stehen, ungeliebt, bis ich sie in den Müll tue. Vielleicht hat sie ja unterwegs eines der kleinen grünen Männchen getroffen, ist in ein UFO befördert, an Ort und Stelle püriert worden.

Ich bin allein mit Chesu, und mit Paul. Der wird sich davonmachen, wir sind für ihn Quartier. Eine Sommerlaune, so etwas wie ein Resopalhocker, auf dem er sitzt, schläfrig, und Bier trinkt. Paul redet von Foucault und von seiner Impotenz. Er ist fünfundzwanzig.

Jo ist fort. Er kommt nicht zurück, noch nicht. Allein zu dritt, wir spielen *Pourquois pas*.

Im letzten Frühjahr sind wir in das verrottete Haus am Fluss gezogen. Vier Räume und eine feuchte Küche. Hanglage. Ich bin Chesu gefolgt, aus Dummheit. Chesu schwenkte die schwarze Fahne vor einem Trupp Klugscheißer, sparte sein Sperma für die Mittelalterklausur.

Zwei Helden an meiner Seite. Chesu schreibt immerzu Klausuren, er ist schweigsam, hat eine lange Nase, einen dünnlippigen Mund, ist eitel und kaut an den Fingernägeln.

Die Alte war gleich hingerissen von ihm. Paul mit seinem runden Gesicht ist laut, er spricht einen bäuerlichen Dialekt. Chesu liebt Pauls große Klappe, weil er selbst nie etwas sagt, und wenn, versteht man ihn nicht. Er ist in allem leise, still und für sich. Nachsichtig. Glaubt man.

Eigentlich ist Chesu recht hinterhältig. Sagt Van. Er streicht nur zart eine Strähne seines braunen Haars hinters Ohr, sieht ausdruckslos und sanft ins Leere. Frauen mögen ihn, sie denken sich in seine Träume und an seine Seite. Sie denken nie weiter. Chesu träumt nicht.

Er hält Monologe. Lässt die anderen wissen, dass er was Besseres ist. Dazu muss er nicht einmal den Mund aufmachen.

Paul hat jede Menge Probleme, vor allem mit Frauen. Solchen, die vor Chesu am Boden kauern und seiner Stimme lauschen. Aber ich habe keine Angst mehr, ich habe keine Angst mehr vor gar nichts, sagen sie. Und schon hat die Krise sie im Griff, und Paul freut sich. Chesus Masche ist es, so zu tun, als sei er viel zu schüchtern, um sich mit irgendjemandem abzugeben, außer mit sich selbst. Er neigt zum Grübeln. Er hat französische Vorfahren und spielt Volleyball. Nicht gerade der Hauptgewinn, meint Mara, die es wissen muss. Mara steht auf Frauen. Ich glaube, Chesu ist Anarchist. Ich habe keine Vorstellung, was ein Anarchist sein könnte. Ich denke ihn mir. Irrtum. Der engelsgleiche Chesu wird in die Nacht gehen, Paul nach. Es dauert noch zwanzig Jahre, bis er die Dynamitstange in seiner Hose entdeckt. Wir sind erst am Anfang, Rebellion ist ein alter Gorilla, der unterm Baum hockt.

Über Pauls Schwierigkeiten können wir endlos reden, nachts im Bett. Ich liege in der Mitte, Chesu und Paul liegen neben mir. Nachts haben sie die Farbe von Mondstein. Paul, die Knie angezogen, küsst mit offenen Augen, freundlich, kühl. Küsse, die nichts bedeuten. Er verteilt sie gerecht an Chesu und mich. Chesu, lang ausgestreckt, das Haar geht ihm bis zu den Hüften, beobachtet die Wolken.

Wir haben die Fenster offen. Es ist Sommer. Ein Nachtvogel schreit. Ameisen flitzen über die ungefugten Holzdielen. Viel geschieht nicht in diesen Nächten, es gibt keinen vernünftigen Grund, warum wir beieinander liegen. Foucault, Ameisen, Küsse. Pauls Spuren werden sich verwischen. Ein paar Monate bleiben uns. Spätestens im November, nachdem Chesu und ich geheiratet haben, wird Paul verschwinden. Und uns seinen beschissenen Krempel zurücklassen, seine halb vergammelte Yuccapalme, eine dänische Flamme, die letzte, nicht bezahlte Telefonrechnung und einen Zettel. *Glaubt nicht, dass Dasein immer nur in Anwesenheit besteht.*

Paul wird irgendwo in der Rhön einen Tierpark aufmachen. Im nächsten Leben grinst er sich durch eine Quizshow. Ich sehe ihn im Hessenfernsehen wieder. Ist das nicht Paul? Mara ist am Telefon. Schalt mal Glotze ein, ruft sie aufgeregt in den Hörer. Drittes.

Paul schaut aus wie Holger Börner, ein bisschen Fett hat er angesetzt. Seine Augen sind klein, sie täuschen Behäbigkeit vor, eine dickfellige Schläue. Ein Besserwisser. Paul schwafelt über Vampire. Mich trifft der Schlag.

Überwachen und strafen. Vermintes Gelände, vorerst sind wir nur Umriss. Wir denken nicht weiter als bis zum Kirschbaum, über dem ein UFO schwebt und Lenin. Sommer 1979.

Chesu, Paul und ich. Warum küsse ich mich mit Paul? Vielleicht aus Kummer, weil Chesus kalte Glätte, sein schweigsames Wesen mich anziehen, ich ganz tief in mir weiß, dass er mich nicht mag. Nicht wirklich, obwohl er so sanft zu mir ist, geduldig, kaum spricht und alle mich um ihn beneiden. Auch Paul. Den Kopf in die Hände gelegt, sieht er uns abwechselnd an, ein Lächeln um die Mundwinkel. Paul ist gemütlich und kommt nicht aus dem Gleichgewicht.

Ich gehöre nicht zu ihnen. Ich könnte etwas Tiefgefrorenes sein, oder ein Pfefferminzblatt in einer Schale mit kaltem Tee. Wir sind kein Liebespaar, wir drei. Van weiß es, aber sie sagt es mir nicht. Van weiß, dass ich mir Dinge einbilde, die mit Jo zu tun haben. Wie das grüne Kleid und sein Atem an meinem Schlüsselbein, den ich noch immer spüre, nachts in dem dunklen moderigen Haus am Fluss. Sinnlos. Jo ist auf Ibiza. Ich studiere.

Frau Doktor ist Geld drucken, sage ich zu Kater Iwan. Er hockt in seiner morschen Astgabel, keckert, die getigerte Schwanzspitze zuckt. Ich keuche bergan, gleich bin ich auf halber Höhe.

Chesu ist im Seminar, wo sonst, Paul rettet eine unsterblich Verliebte. Die ist fünfundvierzig und glaubt, Pauls nervöses Augenrollen hätte etwas mit ihr zu tun. Paul rettet vorzugsweise im *Delirium*, da kann man bis früh um vier rumlungern, hinunter in den Alten Botanischen Garten kotzen und jede Frau verlieren, wenn man lange genug über Kubrick redet.

Nicht in Paul verliebt zu sein, ist eine ziemliche Unverschämtheit. Das würd' sich nicht mal Sid trauen, ätzt Angie. Sie war für ein halbes Jahr in England und ist mit Vicious zurückgekommen. Typen wie Paul sind für Angie so spannend wie ungelöschter Kalk.

Kater Iwan blinzelt. Was willst du? Die Welt ist voller Sperlinge, Regen fällt, unten im Windfang der Villa steht ein

Napf Kitekat. Zauberhände zerlegen Bismarckheringe, raspeln Leber, Kater Iwan muss nur um die Ecke strunzen, die Doktorsche stürzt aus der Tür. Die Welt ist gut, der Iwan, jung und ausgebufft, ein Prachtexemplar, hat Abitur.

Eine große Libelle streift meine Schulter.

Schon gefressen? frage ich. Ich schwenke die Tüte mit dem grünen Kleid vor Kater Iwan hin und her.

Keiner da. Unten gab's Huhn.

Hm, sage ich.

Ich stehe im hohen Gras, Iwan hängt über der Astgabel, er maunzt. Sein Lieblingsplatz ist ein Pflaumenbaum bei der Treppe. Alte Sorte, wie alles auf dem verlotterten Gelände ist der Baum fast hin, trägt aber tapfer Früchte. Wir zahlen nicht viel für die vier Räume, dafür terrorisierte uns Frau Doktor mit einem Haustelefon, das im Flur an der Wand hängt.

Als wir einzogen, fing sie an, uns anzurufen. Sie hatte einen schwarzen Mann den Weg zum Haus hinauflaufen sehen. Dann tauchte der liebe Gott auf, und ihr missratener Schwiegersohn. Bis Paul die Telefonschnur kappte, danach kam keiner mehr.

Schade, meint Chesu. Er ist nie aus der Ruhe zu bringen. Da ist Fantasie. Glaubt er. Chesu versteht nicht viel von Fantasie. Meine Gedichte sind ihm scheißegal. Er hört zu, wenn ich ihm vorlese, aber er könnte auch einen Kaktus essen und sagen, oh, prima, schmeckt nach Erdbeeren. Paul hält sich mit Gedichten erst gar nicht auf.

Willst du sehen, was in der Tüte ist? frage ich Kater Iwan.

Iwan gähnt.

Ich könnte ihn am Schwanz ziehen, und er würde vom Pflaumenbaum direkt in die Brennnesseln plumpsen.

Tu das nicht.

Ja, böse Tat. Die Libelle, da ist sie wieder, verschwindet ums Haus, Richtung Lavendel. Von St. Elisabeth Glockenschlag und ein leiser Wind. Iwans Barthaare zittern.

Ich ziehe das Kleid an, schlage ich vor. Wir gehen hinunter an die Lahn, und du fängst Fische.

Sonst noch einen Wunsch? Der Kater rülpst.

Ich stülpe die Tüte um, das grüne Kleid fällt heraus. Es ist wunderschön. Ich weiß nicht, was Joe Dallesandro von alten Kleidern hält, bestimmt genauso wenig wie Paul und Chesu. In dem Streifen, in dem ich ihn sah, ist er immer nur nackt und auf H. Eine kleine Ratte mit Pickeln am Hintern.

Du hast schon 'n komischen Geschmack. Kater Iwan streckt die linke Vorderpfote.

Ich zucke die Achseln.

Weil ich in Paris war, sage ich. In Paris, im Kino. Jo war auch da, einen Tag zu spät. Bei Sacré Cœur. Wir haben uns verpasst. Dumm. Er ist mir nach. Und weil er mich nicht fand, ist er weiter, in die Camargue. Ich wäre so gerne mit Jo die Treppen hinunter! Ich hätte Buchstaben auf seinen Hals gemalt, und später, in dem Hotel, hätten wir uns nicht gewaschen. Wären bis zum nächsten Morgen ineinander stecken geblieben, in den schmutzigen Teppich gewickelt, den Jo bei dem Berber an der Metrostation Clignancourt gekauft hat.

Blödsinn. Iwan springt von der Astgabel ins Gras. Er starrt mich ausdruckslos an. Kommt zu mir ans Ende der Treppe. Der Kater neigt den Kopf, öffnet das Maul, schluckt. Er würgt.

Kotz ja nicht auf das Kleid!

Buchstaben. Wer will das wissen?

Niemand. Ich nicke.

Du wirst traurig werden, wenn du nichts anderes tust, als zu schreiben.

Glaubst du? frage ich verwundert. Kater Iwan reibt die Nase an meinem Knöchel. Er hat einen Zweig im Pelz stecken. Eine Maus huscht vorüber.

Schreiben ist alles, was ich will, sage ich.

Hör damit auf. Keiner wird dich mögen.

Aber Chesu! rufe ich.

Chesu. Der Kater keckert. Chesu lügt.

Oh. Sage ich. Mir ist schwindelig. Ich habe nichts gegessen. Um acht treffen wir uns bei Van.

Lügt.

Ich beiße Kater Iwan zart ins Ohr. In Paris war es doof, flüstere ich. Ohne Jo. Ich war die halbe Nacht oben bei Sacre Cœur, und es war nichts. Nur langweilige Leute und ich und Chesu.

Selber schuld. Iwan knurrt. Sein Schwanz schlägt wild. Ich streiche über die gesträubten Nackenhaare und kriege, zack, einen gewischt.

Tut mir leid, sage ich. Mehr ist dazu nicht zu sagen.

Iwan brummt.

Soll ich das grüne Kleid anziehen, wenn ich zu Van gehe? Sie wohnt nicht weit. Ich muss nur den Berg hinunter und nach links, den Fluss entlang. Wenn ich hexen könnte, würde ich mich zurückbefördern, hinauf nach Montmartre. Ohne Chesu. Ich würde Dallesandro treffen. Nacht, Sterne. Dallesandro. Und Jo.

Hunger, sagt Kater Iwan.

Du hattest vor noch nicht mal einer Stunde Huhn! sage ich.

Weißt du doch gar nicht.

Huhn. Rieche ich. Sage ich.

Ich nehme das Kleid, schüttele es aus und ziehe es mir über. Es fällt wie Regen. Kater Iwan macht einen Satz. Ich stehe mit dem bisschen Sehnsucht von Fräulein Knauff am Leib, Jo ist fort, eine Drossel hopst. Ich stehe allein, ich habe eine Rose zwischen den Zähnen und Hunger. Clär Vogel wird mir eine Eins für die Hausarbeit über Goll geben. Wir müssen erst Fleißer lesen, bevor ich ihr mit der Goll kommen darf. Die Vogel hat nichts übrig für alte, löcherige Kleider. Dafür studieren Sie nicht, Netti.

Wofür dann? Mit alten Kleidern fängt es an, und endet in der Klinik. Später. Kater Iwan lächelt, falls er das kann. Ich bilde es mir ein. Ich reibe mit der Hand über den brüchigen Stoff. Ein leichter Duft von Anis ist an meinen Fingern.

Im Haus ist es kalt. Ich will nicht hinein. Ich nehme Kater Iwan hoch, drücke ihn an mich.

Wir setzen uns auf die Treppe. Iwan niest, ich schaue hinunter, aufs Ufer der Lahn, und denke mir ein schönes Leben. Ich will es aufschreiben. Ich fange gleich damit an.

CHESU

Chesu geht vor mir die Treppe hinauf, er schaut todernst und beleidigt aus. *Sag mir nicht, du hättest es nicht gewusst.* In meinem Kopf ist eine dunkle Wolke, am liebsten würde ich gleich wieder verschwinden. Chesu knirscht mit den Zähnen, ein dünnes Lächeln friert in seinen Mundwinkeln. Er wird nie von einer Biene gestochen werden, und das einzige Unglück, das sich je nach ihm umdreht, bin ich. Bis sie sich mit anderen trifft! ätzt Chesus Mutter. Eine bigotte Kuh. Wir können uns nicht ausstehen. Darum bin ich hier.

In diesem bescheuerten Treppenhaus; wir sind hinten herum, Chesu hat bei den Garagen auf mich gewartet. Wir wollen ganz nach oben und müssen uns in Acht nehmen. Hinauf auf den Dachboden, für ein paar Übungen. Wir waren noch nie dort. Es war Chesus Idee.

Unten auf der Kantstraße liegt ein kleiner toter Hund im Schnee.

Chesu hat das Haar mit einem Gummiband zusammengebunden, er hält sich in einer Schräge, bereit, sich wegzudrücken, übers Geländer, hinunter in den Lichtschacht. Ich denke, er sieht aus wie einer, der verloren geht. Seit ein paar Tagen hat er Blasen an den Händen. Er seufzt.

In meinem Kopf ist jetzt ein Lied. Die Wolke ist fort. Jemand singt. Es klingt portugiesisch. Ein lustiges Lied. Macht mich fröhlich. Zum Fröhlichsein ist kein Anlass, Chesu sieht aus, als müsste er sterben. Ich ziehe den Persianer von

Tante Hannchen enger um die Schultern, schaue auf meine roten Stiefel. Hester hat sie mir aus Spanien mitgebracht. Sie wohnt im Keller eines Hauses in der Herkulesstraße, gleich neben Café Hahn. Hester fotografiert. Sie findet die Narben an meinen Beinen interessant. Manche Leute können Lügner im Traum erkennen, behauptet Hester.

Wie geht das? fragte ich.

Man muss Efeublätter zwischen den Fingern zerreiben und sich die Füße mit Regenwasser waschen. In dem Wasser müssen mindestens drei Stunden lang die Überreste von einem Frosch herumgeschwommen sein. Hester schwor, es funktioniere.

Ich träume nicht. Vielleicht hätte ich besser einen Apfel gegessen oder für Latein gelernt, wäre, draußen sind zehn Grad minus, erst gar nicht aus dem Haus gegangen, um einen Feigling zu treffen. Chesu wird ohne mich vom zweiten Stock hinunterknallen. Er denkt gar nicht daran, mich mitzunehmen. Ich sehe ihn an und weiß, er hat eine geschwollene Zunge, sein Herz hämmert. Er kriegt den Mund nicht zu. Chesu röchelt so komisch. Er sagt noch immer kein Wort. Was will ich von ihm?

Chesu ist groß, furchtsam, jung und schon in der Mitte zerbrochen. Ich habe extra die roten Stiefel angezogen, jetzt sind sie nass, das Leder ist dünn, ich friere an den Zehen.

Der Rock ist schwarz und hat bunte Blumen. Schwingt beim Gehen. Ich trage eine dicke grüne Strumpfhose, einen gelben Pullover, zwei Schals, lila Handschuhe. Die Mütze aus Peru kratzt. Tante Hannchens Persianer hängt mordsschwer an mir, in dem Mantel wirke ich viel kleiner, als ich bin. Ich stelle mir vor, der Mantel ist ein Tier. Ich möchte wetten: ein kluges Tier, es stinkt. Ich habe alles angezogen, was mir gefällt. Eine Luftschlange bin ich, Chesus Mutter findet, ich sehe fürchterlich aus. Sie zieht karierte Röcke an; eine faltige, böse Schraube, die Gutes tut. Ich werde das einzige

Geschenk, das sie mir je machen wird, in einen Tümpel werfen und ihren Namen nennen. *Knochenmehl.*

Bist du okay? frage ich Chesu.

Woher hat er die Blasen an den Händen? Chesu antwortet nicht, er schnappt nach Luft.

Eigentlich kennen wir uns kaum. Seine Finger waren rau, ganz zerfroren und blau, vorhin, bei den Garagen. Er hat mich nicht angesehen, hat nur das Küchenfenster hypnotisiert, hinter dem seine Mutter Feldsalat wäscht. Sein Vater hört Wagner, das tut er immer. Er singt laut eine Arie, rennt durch die Wohnung, singt. Er sammelt halbe Fa-Seifenstücke, gibt sie den Gästen. Kaum im Krieg, war er schon in Sibirien, schnitzte sich durch die Gefangenschaft.

Montag, denke ich, kein guter Tag, um hinter Chesu herzugehen. Er wollte nicht hier sein, nicht in dem Treppenhaus, wo es nach Lauch und Seife riecht. Ein mickeriger Weihnachtsstern krümmt sich auf einer wurmstichigen rosa Etagere. Meine Nase läuft. Taubenfedern kleben außen am Fenster. Es schneit. Flocken wirbeln durch die Querallee.

Schau, sage ich zu Chesu. Siehst du das Licht?

Chesu hört nicht. Er hat die Hände in den Taschen seiner Jeans versteckt, hält den schmalen Kopf gesenkt. Er duckt sich und atmet flach. Chesu studiert in einer anderen Stadt.

Es könnte Papageien aus den Ästen der Platanen schneien, Chesu will nach oben, geräuschlos, still, Netti sicher an der Wohnungstür seiner Eltern vorbeilotsen, die nicht wissen dürfen, wer zur Mittagszeit vorüberschleicht. Chesu und die kleine Tupamarobraut mit dem unehelichen Kind.

Der liebe Gott meinte es bislang gut mit Chesus Mutter. Gott und die Mutter sind aus einem Stall. Beritten, sie verstehen sich prima, und es gab nie Probleme. Aber Chesus Bruder übt Flamencogitarre. Der Mann, der mich geheiratet hat, damit ich weiter zur Schule gehen kann, spielt ziemlich gut Flamenco. Er ist Maoist, redet wie ein Wasserfall. Marx,

Lenin, Semler, alle werden zu Tode gequatscht. Wir haben uns in einer Teestube kennengelernt. Er trank Apfelsaft, war wütend und sang mir ein Lied von Donovan vor. Donovan fand ich blöd; mir gefällt Peter Frampton. Der war gerade nicht da, und ich dachte, oh, es ist Frühling, so eine sanfte Luft voller Narzissen, ich bin achtzehn. Soll ich verrückt werden?

In Hannover? Donovan würde ich schon aushalten. Wir heirateten. Keine große Liebe. Keine kleine. Gar keine Liebe. Chesus Bruder tauchte auf. Sie spielten zusammen, er und der Maoist. Flamenco ist furchtbar, wenn man die gleichen Griffe stundenlang hören muss und Paco de Lucia doppelt vor einem sitzt. Chesu ist einmal mitgekommen, aus Langeweile. Flamenco gibt ihm nichts. Der Maoist meinte, ich sollte mein junges Leben nicht unter traurigen Gestalten vertun. Es gäbe was Besseres, als Akten sortieren. Ich habe Chesu aus den Augenwinkeln beobachtet, er saß reglos. Kauerte in einer müden angespannten Haltung auf den Bastmatten, der Maoist und Chesus Bruder schlugen ihre Gitarren, ein Gebrüll fing an. Der Maoist heulte, ein dumpfer, röchelnder Klageton. Es klappte nicht richtig mit dem Gesang, der Maoist ist kein Spanier, er kommt aus Harleshausen. Sein Alter dichtete für ein Vertriebenenblatt. Ich hasse Flamenco. Ich habe Chesu angesehen, an dem Tag, als er zu uns kam. Sofort fiel mir Hannover ein. Mittelfelde. Dort habe ich grüne blaue schwarze Reiter an Krankenblätter geheftet. Ich bin früh um fünf aufgestanden und abends um acht zurückgekommen. In dem Jahr, das ich vergeudet habe, war ich erschöpft, blödsinnig dünn und ziemlich hoffnungslos. Chesu sah aus wie einer dieser Reiter. Hochmütig, mit seiner langen Nase. Er war nicht wirklich da, nicht in dem Zimmer, in dem wir hockten; er war auch nicht anderswo, vielleicht in einer Ecke seines Kopfs, in der er uns nicht haben wollte. Er sog an seiner Unterlippe. Chesu war überhaupt nicht anwesend, obwohl ich ihn riechen konnte. Er hatte langweilige Jeans an und einen ausgeleierten Nicki. Warum war er überhaupt gekommen? fragte ich mich.

Seine braunen Augen blieben ausdruckslos. Er war beherrscht, still, ich dachte, er hat ein Geheimnis! Unschuldig, so sah er aus. Der Maoist hat ein rohes rotes Gesicht, ist hässlich und laut und schreit los, wenn er meint, die Menschheit müsste herausgebrüllt werden zu ihrem eigenen Untergang. Chesu hält die Klappe. Er mag Sterne, er begeistert sich für schwarze Löcher und mittelalterliche Handschriften. Er schlüpft durch die Tür, lächelt kühl.

Er wird bei mir bleiben. Ich habe ihn angeschaut, während in einiger Entfernung Paco de Lucia schrie. Chesu hat meinen Blick nicht erwidert, aber ich wusste, er ist es.

Ich kenne dich nicht. Gleichgültig. Du bist es. Chesu wird bei mir bleiben. Und an einem fernen heißen Augusttag wird er aus dem Haus marschieren, nachdem er noch ein Essen gekocht hat. Er wird sich umdrehen, älter, von Krankheit, Frost, kindlicher Gier gezeichnet, geschickter im Lügen, wird über den Fluss, die Straße sehen und den Kopf einziehen und nicht zurückkehren. In den Träumen seiner Mutter schläft Chesu neben ihr.

Chesu gefällt mir. Er hat schönes Haar. Er bewegt sich, als ginge er über Eis. Seine Worte sind undeutlich und zerdehnt; ich mag seinen Ohrring aus Federn. Er wäscht sich sorgfältig die Füße, seine Schultern sind schief. Er riecht nach Angst, die liebe Mutter wartet, sie spuckt heimlich Wünsche auf seinen Teller. Wo bleibst du? flüstert sie. Der Maoist ist Chesus bester Freund, ich bin ein Summen in seinem Ohr. So etwas wie Ausschlag. Nichts, woran man erinnert werden möchte.

Im dritten Stock schlägt ein Fenster. Wir sind kurz vorm Ziel. Da ist die Wohnungstür, an der wir vorüber müssen, weiter. Hinauf auf den Dachboden.

Bist du blöd? frage ich laut. Warum sagst du nichts? Das Licht, Chesu. Hast du eben das Licht gesehen? Draußen, über der Platane. Rot. Und dann die Sonne. Die Sonne war für'n Augenblick. Wie 'ne Apfelsine, in all dem Schnee. Überall Tauben. Guck mal!

Ich bin eine Quiche mit Hühnerfleisch. Chesu hat nichts gegessen. Er starrt mich an, als würde er mich zum ersten Mal sehen.

Sei still.

Soll ich gehen? frage ich noch lauter. Ich boxe gegen seinen Arm. Chesu könnte aus einer Gefängniszelle abgehauen sein, auf der Suche nach Dope. Pech nur, dass er nicht raucht. Ich spüre, ihm ist schwindelig. Er verfehlt eine Stufe, stolpert.

Komm, sagt er. Wir wollen weiter.

Lohengrin. In voller Lautstärke.

Oben machen wir Picknick, sage ich und klatsche in die Hände. Chesu sieht auf seine schief getretenen Boots. Sein Haar schwingt übern Rücken, es glänzt. Sein Haar macht mich verrückt. Ich fasse es an und denke an Butterbrote, Glück, an kleine weiße Rosen und Zutaten für eine Bohnensuppe. Ich denke nicht an das Heim, in das meine Mutter mich steckte, als ich Raul im Bauch hatte und sie allein in Urlaub fahren wollte. Eine Nacht hielt ich es aus, am nächsten Tag verschwand ich. Ich sehe mich in dem leeren staubigen Essraum an einem großen Fenster stehen, es war Juli. Es gab Hagebuttentee und ein frommes Lied. Die Schwester schaute aus wie ein weißes Huhn, sie platzte fast vor Abscheu über mein Kleid.

Ich war ohne Strümpfe, das Kleid war von Omi Rehlein. Ein Hängerchen aus der Zeit, als sie jung war. Und das ist Lichtjahre her. Ich machte ein hasserfülltes Gesicht, ich schlug mir die Faust vor den Mund, damit sie aufhörte mit ihrem bescheuerten Pfeifen. Ich spuckte der Schwester ins

Gesicht. Wenn du das tust, kommst du nie wieder nach Hause! hörte ich meine Mutter sagen. Also sagte ich: Danke, und: Könnte ich wohl noch ein wenig Tee bekommen?

Chesu und ich schweben über die von Schnee rutschigen Steinstufen ein Stockwerk höher.

Hinter einer Tür ist Biolek zu hören. Ich sehe Chesu an, er könnte in einem Pfirsichbaum hängen, ich tue mich dazu. Wir stecken verkehrt ineinander und küssen uns wild.

Niemals. Chesu versteht nicht viel von Mädchen. Völliger Quatsch von mir, es mit ihm zu versuchen. Warum möchte ich mit ihm schlafen? Ich ziehe an meiner Mütze, stecke einen Finger in mein Ohr. Chesu redet von *spontaner Aktion*, er hilft beim Kochen. Einmal war er mit ein paar Jungs in Finnland, und auch nur, weil keiner von ihnen wusste, was sie nach dem Abitur mit dem Sommer anfangen sollten. Jungen ohne Namen. Chesu hält sich im Pulk pickeliger kleiner Zyniker. Söhnen von Augenärzten, Oberpostinspektoren, Lehrern. Nach dem Handball trinken sie Bier bei *Lohmann*, sie gehen zu zweit aufs Klo. An der Brandmauer riecht es nach Abfällen, manchmal flüstern Schwule hinter der Pissrinne.

Die Schwulen mögen Chesu. Sein Vater steht auf Biolek, er redet sogar wie der. Vielleicht hat es damit zu tun. Mir ist es egal. Ich habe mich nur einmal mit Chesus Vater unterhalten. Er hört einem überhaupt nicht zu. Er redet in einem fort, gackert, wirft die Hände in die Luft. Veranstaltet ein großes Durcheinander und tut schrecklich fein. Ich glaube, er weiß etwas, was die anderen, die er totredet, nicht wissen sollen. Darum geht es Chesus Vater. Chesu findet alles peinlich, er denkt an seine Mutter, sie ist in Pfarrer Braun verliebt, und der wird Gefühle kriegen, nur nicht für sie. Chesu hat tatsächlich Gänsehaut, wenn seine Mutter morgens die Tür zu seinem Zimmer aufmacht.

Ich bin Chesus erste Liebe. Wir sind im vierten Stock. Er entspannt sich, plötzlich lacht er.

Netti? fragt Chesu. Er fasst meine Hand.

Das portugiesische Lied in meinem Kopf ist weg. Ich fühle mich traurig. Eine Stimme sagt: Dreh dich um, geh. Lass ihn stehen. Hau ab. Ich denke an den Hund unten im Schnee. Irgendein Auto hat ihn erwischt, niemand kommt, um ihn aufzuheben. Er ist bestimmt festgefroren. Chesu drückt seine Finger um mein rechtes Handgelenk, es tut weh. Die Finger kriechen in den Ärmel von Tante Hannchens Tier. Ich sehe Chesu erstaunt an. Seine Augen glitzern, etwas Böses taucht in ihnen auf und gleich darauf ein Wunsch, von dem ich nichts wissen will. Chesu schaut freundlich. Netti, sagt er. Netti.

Ich sehe ein Gerstenkorn und eine Pfeilspitze, aber die nur kurz.

Wir sind oben, Chesu nimmt den Schlüssel aus seiner grauen Armeejacke, er nickt, schließt die Tür zum Dachboden auf.

Hester meint, ich solle alles aufschreiben, was ich sehe. Hier ist ein langer, dunkler Flur, von dem es nichts zu erzählen gibt. Keine Schlangen im Gras. Viele Jahre später werden Chesu und ich in einem Tal im Schweizer Tessin zwei Zimmer mieten. Souterrain. Es ist ein verregnetes, windiges Frühjahr, nebenan, Parterre, wohnen seine Eltern. Der Urlaub wird sterbenslangweilig werden und mit meiner Flucht nach Zürich enden. Wir werden im Keller einquartiert, zwischen uralten Bettgestellen, Tischen, Schemeln, vergessenem Ackergerät, Kuhglocken, Strohgebinden. Unglaublich, was die Leute aufheben und meinen, Fremden für zwei Wochen noch ihre Gespenster aufhalsen zu dürfen. Gegen Schweizer Franken.

Stockfleckige Laken und Vipern inklusive. Es wird unweigerlich sehr traurig werden zwischen mir und Chesu, der diesen fürchterlichen Ort kennt. Die Welt wird aus Regen bestehen. Aus Schweißausbrüchen, klammen Handtüchern, Erinnerungen. Chesu hat jeden Sommer mit seinem biestigen Bruder und seinen Eltern in diesem verlorenen Nest verbracht. Sie fuhren nie woanders hin, immer gab es einen Propangaskocher, zerfledderte Zeitschriften, Halsentzündungen. Im Souterrain wird Chesu Wurzeln schlagen und sich wohlfühlen. Inmitten all diesen Krempels, der unaufhörlich Kinder zu kriegen scheint, ist er bei sich. Glücklich in der schimmeligen Düsternis, während oben auf der Terrasse sein Vater seine Ein-Mann-Talkshow gibt. Kulissenschieber über dem Luganer See. Solange Chesu bei mir ist, wird er nichts besitzen, wofür es sich lohnt, seinen Vater herauszufordern.

Er ist unsichtbar, sagt Hester.

Chesu steht hinter der Tür zum Dachboden, er kaut auf seiner Unterlippe. Ich zähle sechs Türen. Es ist bitterkalt. Ein uralter Rosenstock gammelt vor sich hin. Ich sehe ein Wespennest, einen Karton mit Geschenkpapier, einen kaputten Stuhl und höre Chesus Atem.

An der Wand ist ein Brett, kleine weiße und schwarze Steine, darauf kleben Ziffern. Vielleicht finden wir ein Skelett. Ich stelle mir vor, wir laufen unter einem leeren Himmel, Chesu wirft Steine. Einer trifft mich an der Stirn, ich falle um. Chesu lächelt nur und geht weiter.

Durch die Oberlichter kommt eine Wolke Schnee auf uns zu, schüttet sich aus, als wir hochsehen, unschlüssig, in welches Zimmer wir gehen sollen. Wir können unmöglich länger rumstehen. Es ist peinlich, kaum die Lüge wert, die Chesu seinen Eltern auftischen wird. Chesus Vater will die Geschichte zwischen seinem Sohn und mir nicht wissen. Dessen Schwanz ist ihm scheißegal. Soll singen, oder das Licht reparieren, sagt Chesus Vater. Dabei lacht er, als würde unten auf der Straße neben dem toten kleinen Hund Pavarotti stehen und ihm zuhören.

Du kannst die Steine verschieben, sagt Chesu plötzlich, er räuspert sich.

Guck mal. Er dreht mich an der Schulter, deutet auf das Brett. Zu jeder Ziffer gehört ein Name. Ich lese: Anna, Marie, Guste, Therese, Sophie. Die steile, hochnäsige Schrift, in der die Namen geschrieben sind, ist verblasst. Früher wohnten hier die Dienstmädchen, nuschelt Chesu. Jede hatte unterm Dachboden ihr Zimmer.

Schöne Verhältnisse, sage ich. Da sind wir ja richtig. Ich schniefe und beiße mir auf die Lippen. Blöde Steine, murmele ich.

Chesu hat die Zunge vorgeschoben, sein Gesicht ist blass. Er blickt unfroh an mir vorbei zu dem Wespennest. Er seufzt wieder.

Tut dir was weh? frage ich.

So weit sind wir noch nicht, dass es ihm weh tun müsste.

Du könntest dein Haar flechten, sage ich. Würde mir gefallen.

Ich nehme meine linke Hand, ziehe den lila Handschuh aus, stecke ihn Chesu zwischen die Zähne. Ich schnippe gegen seine Nase, lege die Hand auf seinen Hals. Dazu muss ich mich auf die Zehenspitzen stellen, Chesu ist so groß. Sein Kopf ist flach und hinten wie eine Nuss.

Ich fühle die dicke Narbe, jemand hat im Sportunterricht eine Eisenkugel auf Chesus Kopf fallen lassen, danach war er fast tot. Bestimmt kriegt er darum nie richtig den Mund auf.

Ich denke, er steht heimlich hinter einem Vorhang. Wenn man seinen Namen ruft, lächelt er in einer hohen blauen Luft. Ich sehe deine Füße. Ich weiß, wo du bist. Er antwortet nicht. Chesu ist unsichtbar. Die Füße gehören einem anderen.

Chesu drückt die Tür zur Mansarde auf, die Tür quietscht. Chesu kennt den Raum, sein Bruder wohnte hier, nachdem er von der Schule geflogen war und bei den MLern abhing, zu viel Bier trank und nicht wusste, was er tun sollte. Sperrmüll, Comics, haufenweise *Spiderman*-Hefte, eine durchgelegene Couch aus den Fünfzigern, Wollmäuse, ein Pappschrank. Ich stehe auf der Schwelle, meine roten Stiefel haben vorn Ränder. Mit einem Mal denke ich, ich sollte Chesu in den Hintern treten. Mit der nassen Stiefelspitze, dass er hineinfliegt in dieses ekelhafte Zimmer zu Sophie, die von der Herrschaft unterm Linoleum verbuddelt worden ist. Ich weiß nicht, warum, es kommt einfach über mich, auch das Lied ist wieder da. Irgendwer sagt einen Satz zu mir, eine weiche, tonlose Stimme. Dreh dich um, geh weg. Er wird mir nicht gut tun. Er betrügt.

Er wird seine Freunde im Stich lassen, wenn sie ihn am nötigsten brauchen, und Raul, meinen Sohn, vergessen und mich. Er wird sich an niemanden erinnern.

Chesu lehnt an dem Pappschrank, ich zögere, tue einen Schritt, noch einen. Hinüber zu dem riesigen Schreibtisch, das Ding schaut aus, als hätten sie es direkt vom Obersalzberg ersteigert, und jetzt ist es zu spät. Ich bin drin. Vier buckelige Wände, es riecht schimmelig,

Ich schiebe die Tür zu.

Was sollen wir tun? fragt Chesu spöttisch, er schließt die Augen. Er schaut sanft aus, verlegen. Am Schrank hängt ein Indianerkopfschmuck, zerknickte rote und gelbe Federn, Chesu setzt ihn sich auf. Er macht einen Sprung und gleich darauf ein Hohlkreuz, Chesu springt auf der Stelle. Er trampelt mit den Füßen, lacht und lacht. Ein Junge, zwanzig Jahre alt, ich bin seine erste Freundin, und gleich wird es passieren.

Ich hätte auf Hester hören sollen. Ich habe nur ein bisschen Kuchenbrot gegessen. Glaubt Chesu, mir gefällt, was er da anstellt?

Hallo, sage ich. Weißt du, wer ich bin?

Winnetou, sagt Chesu.

Und du? frage ich. Ich mag den Persianer nicht ausziehen, ich friere. Ich atme Eisblumen ein.

Ich bin deine Schwester, sagt Chesu. Er nickt.

Du bist der Kerl von deiner Mutter. Aber das sage ich nicht laut. Mams wartet mit dem Essen.

Chesu versucht, seine Unruhe zu vergessen. Er faltet die Hände auf dem Rücken, kommt zu mir. Er schwitzt. Es ist still in der Mansarde, überall liegt Staub. Seufzend reibe ich meinen Hintern an der Schreibtischkante, ich bin keine Lügnerin. Chesu hat komische lange, ungeschickte Finger, manchmal beißt er an den Nägeln, und jetzt klopft er an mein Schlüsselbein.

Ich denke, in meinem Kopf ist ein Kakteenfeld, der Wind fährt von oben hinein. Chesu wickelt sein Haar um meinen Hals. Sein Puls rast.

Du und ich, flüstert er. Wasser rauscht durch ein Rohr. Chesu tastet den Persianer ab, öffnet die Knöpfe, seine Hand fasst meinen linken Hüftknochen. Ich stehe schief auf einem Bein, eingezwängt zwischen dem Schreibtisch und Chesu.

Ich sollte nicht hier sein, es ist unmöglich. Ich friere. In Paris werden wir uns schlagen, vor einem Geschäft, das bunte T-Shirts ausliegen hat. Ein Jahr später, irgendwo auf dem Boulevard de Clichy. Auf einem der T-Shirts ist ein Krokodil aufgedruckt. Es sitzt in einem Klappstuhl und trinkt Brause. Ich möchte es haben, ich werde eine Freude spüren, ich will es unbedingt kaufen. Chesu wird dagegen sein. Zu teuer. Wir haben gerade ein Baguette gegessen, er will ins Centre Pompidou. Dämlicher Fetzen. Bist du verrückt? wird er nicht sagen. Chesu wird bitter schweigen, mit einem verbissenen Mund. Rechnen hat Chesu von seiner Mutter gelernt.

Davon haben wir an diesem Mittag im Februar auf dem Dachboden der Kantstraße 18 keinen Schimmer. Wir sind am Anfang, Chesu und ich. Ich stecke meine Hände unter Chesus feuchte Achseln, er zieht mich zur Couch. Eine Sprungfeder haut mir ins Kreuz, als wir drauffallen. Tante Hannchens Tier wird weiß von Staub, ich lasse den Mantel an. Wir liegen nebeneinander, Chesu hat die Augen weit aufgerissen, er stöhnt. Ich denke, ich muss lachen. Aber Chesu öffnet den Mund, ich sehe einen Goldzahn und die Zunge. Weißt du, wie spät es ist?

Neben mir hängt ein Regenschirm. Chesu steckt seine Zunge in mein Nasenloch und dann zwischen meine Zähne. Er schmeckt nach Fenchel. Er fängt leise an zu reden, sein Haar ist über meinen Augen, Chesu beginnt sanft auf mir zu schaukeln. An der Wand klebt ein kitschiges Mutter-Maria-Bild, daneben ist eine Urkunde von den Bundesjugendspielen gepinnt und ein Foto von Chesus Bruder, wie er Gitarre spielt. Sehr jung und betrunken.

Ich verstehe nicht, was Chesu redet. Er schaukelt auf mir, er hat seine Jeans halb heruntergezogen, sein Bauch ist weiß, ich liege mit den roten Stiefeln an den Füßen und zittere.

Guten Tag, sage ich zu dem Lied, das wieder in meinem Kopf ist. Wir könnten in den Zoo gehen. Ich mag Bären und Löwen. Ich kann gar kein Portugiesisch. Woher kommt das Lied? Ich werde Hester fragen.

Ich würde gerne eine Zigarette rauchen und abhauen, sofort, auf der Stelle.

Weiß ich, ob du mich magst? frage ich Chesu.

Er reibt seinen Schwanz an meinem schwarzen Rock. Da sind Blumen drauf, denke ich.

Hörst du? frage ich. Hallo. Hör auf. Hör mir mal zu!

Wer bist du? Chesu streicht mir übers Haar und zappelt. Er hört nicht. Ich bin Netti. Ich bin kleingehackt, ich habe einen gelben Pullover an, und um mich herum ist ein Tier. Ich bin hier, weil du mich gefragt hast. Würdest du mal mit mir schlafen gehen? hast du gefragt. Du hast lieb gefragt.

Kein Problem. Alle Welt geht schlafen mit irgendwem. Wir können es auch tun. Wir liegen neben Spiderman, dein Bruder sieht uns zu.

Ich habe eine grüne Strumpfhose an, Chesu, sage ich.

Chesus Arme sind mager, er stützt sich mit einer Hand auf, reibt an meiner Brust und dann über die Mütze und mein Gesicht.

Ich bin bei dir, flüstert er.

Ein halbes Leben später werde ich Chesu auf der Seite einer großen Zeitung entdecken. Er ist längst fort, hat sich für die sichere Seite entschieden, gegen mich. Chesu ist nur zufällig auf das Bild geraten. Er steht im Eingang eines Raumes mit Fabelwesen aus Lumpen. Es ist das Jahr 2002, die Wesen, die von der Decke hängen und am Boden liegen, hat eine Französin genäht. Eine schöne Handarbeit. Ich erkenne Chesu sofort. Ein nicht mehr junger Mann mit schiefen Schultern und rutschendem Hosenbund. Die Ärmel seines viel zu weiten weißen Hemdes sind zu lang, der ganze Mensch ist eingeknickt. Er hält etwas in den Fingern, steif, ein wenig teilnahmslos lehnt er sich in einen Schatten. Gleich wird er sich umdrehen und den Raum verlassen. Chesu kann nicht wissen, dass jemand ihn fotografiert hat, und auch ich ahne nicht, dass ich ihm unverhofft am 29. Dezember in der *Chronik der Künste* begegnen werde.

Chesu hat meine Frage nicht beantwortet. Mir fällt Latein ein, wir schreiben morgen eine Arbeit. Ich muss noch üben. Der Maoist hat Sanitätsdienst, er kommt um sechs. Dann essen wir, was er mitbringt: kaltes Fleisch aus der Dose, Brot, ein paar trockene Kekse.

Magst du mich? frage ich Chesu. Ich bin hartnäckig und will eine Antwort. Er ist überall nass, schwitzt. Sein Haar riecht nach weißer Seife, und er bewegt sich über mir, als wollten wir Eis essen im Gehen. Das Eis schmilzt, wir können nicht so schnell laufen, unsere Hände sind klebrig.

Erdbeere tropft. Nuss ist weg. Die Waffel ist runtergefallen, ich will sie aufheben, aber Chesu sagt: Lass.

Ich könnte sinnlos traurig werden. Was mache ich hier? Der Steiff-Affe grinst. Mein Bauch gluckert, Chesu küsst mich aufs Ohr. Seine Lippen sind trocken, seine Beine umklammern mich. Ich halte mich an ihm fest. Der Steiff-Affe ist blind, jemand hat ihm die Augen ausgestochen. Während Chesu sich an Tante Hannchens Tier reibt, habe ich fast vergessen, warum ich unbedingt herauf wollte in diese Kälte.

Böses geschieht nicht, lächerlich. Richtig betrachtet, von oben, aus Sicht des Steiff-Affen, geschieht gar nichts. Chesu zieht mir die grüne Strumpfhose aus, drückt sich sanft und wortlos in mich hinein. Im selben Moment spüre ich, wie er sich auflöst. Über mir. Übrig bleibt nur ein Atemzug. Und dann nichts.

Chesu verschwindet. Ich sehe ihn unter Wasser, obwohl sein Gesicht auf der Lehne der Couch liegt und er an einem Knopf von Tante Hannchens Tier kaut. Ich sehe Chesu in einem reißenden klaren Wasser ertrinken. Wo bin ich? Ich halte mich am Rand des Weges an Gräsern fest. Das Wasser ist schnell gekommen, von nirgendwoher. Wir sind allein auf dem Weg, Chesu läuft vor mir. Überall Wasser. Chesu wird fortgerissen.

Chesu? frage ich. Meine Schenkel sind warm von seinem Sperma.

Chesu ist ein mittelmäßiger Schwimmer, er ist zu knochig, ungelenk, er hat keine Chance gegen den Strom, der sich vom Horizont her ausbreitet, alles mitreißt, Zweige, den klapprigen Caravan, in dem wir sitzen, Erdbrocken, Blüten. Chesu kann nicht einmal mehr Luftholen, er geht still unter, mit geschlossenem Mund, wie durch ein Gitter aus Luftwurzeln und Licht.

Chesu? Ich stecke einen Finger hinter sein Ohr. Chesu zwinkert, ein Äderchen in seinem Augapfel ist geplatzt.

Hester sagt, Gespenster muss man anlächeln, wenn sie einem nicht zu nah kommen sollen. Chesu wischt mit dem T-Shirt über meinen Bauch, er küsst mich. Ich versuche ein Lächeln, mir ist furchtbar kalt, Chesus Nasenflügel zittern, ich sehe drei Mitesser auf seiner Stirn, über der linken Augenbraue. Ich will nicht hinsehen, es ist mir peinlich.

Chesu, frage ich. Magst du mich?

Montag, murmelt Chesu. Mist. Ich muss runter. Mams wartet.

Ich glaube nicht, was er da sagt.

Ich bin viel zu spät, sagt Chesu, bindet sein Haar. Er schaut an mir vorbei, streicht über die bunte Mütze. Er zieht sein T-Shirt und den Nicki runter, knöpft seine Jeans zu.

Wir können uns heute Abend sehen. Im *Dizzi*. Ich muss ein Lied übersetzen. Minne, für Lommi. Freitag ist Klausur.

Chesu steht unter der Lampe, ich liege auf der Couch mit angezogenen Beinen, in Tante Hannchens Persianer, und starre ihn an.

Willst du hier bleiben? fragt Chesu, lächelt freundlich. Es ist scheißkalt. Besser, du stehst auf. Er ist schon an der Tür. Du kannst dich waschen, sagt er. Auf dem Flur ist ein Klo. Mams wartet. Tut mir leid. Sie sollten uns nicht zusammen sehen. Du weißt, wie sie ist.

Chesu hebt die Hände. Sein Blick ist demütig, er zwinkert. Er meint es genau so. Demütig. Ergriffen von sich, hungrig. Mams wartet, Netti.

Chesu, sage ich und springe von der Couch, hinter ihm her. Aber er ist schon aus der Tür, im Flur. Chesu!

Dein Alter hat Partisanen gekillt! rufe ich, trete gegen die Tür. Die Tür fällt zu.

GODZILLA MIT EINEM HUT AUS ROSEN

Der Wunsch, du mögest zurückkehren und mein Kleid waschen. Wir haben oft die Kleider getauscht, damals im Sommer 1977, und ein Vierteljahrhundert später taten wir es wieder.

Als es nichts mehr zu tauschen gab, du fortgingst und starbst, habe ich mich auf einen Stuhl in die Mitte des Zimmers gesetzt und bin bis in den Sommer hinein sitzen geblieben.

Ein Mann steht unten bei der Treppe, einsam, nackt, er weint.

Ich sehe dich. Ich sage: Ich bin Godzilla mit einem Hut aus Rosen. Komm. Ich liebe dich.

Was tat ich all die Monate lang? Ich schrie. Ich verfluchte dich. Ich aß nicht mehr.

Ich rauchte und nannte deinen Namen. Komm. Du kannst nicht über den Fluss gehen in die Nacht und sagen: Bleib. Ich gehe zuerst. Warte, Netti. Ich komme wieder und hole dich.

Das Wasser ist kalt, Jo, es ist Winter, du wirst auf den Steinen ausrutschen, überall ist Eis, du wirst hineinfallen und ertrinken. Du hast Angst vor dem Wasser, weißt du nicht?

Du schwimmst nur sicher an meiner Hand. In Singlis, am See. Längs des Schilfs, wo es seicht ist und kleine Hunde, Kinder und Enten dümpeln. Manchmal taucht ein Krokodil auf. Es riecht nach Gegrilltem, unsere Füße schimmern grün, du seufzt, du schwimmst ruhig, ich ziehe dich mit mir. Die jungen Russen am Ufer trinken Wodka aus der Flasche, ihre Mütter essen Tomaten, Gurken, Streifen gelbe Paprika, Unmengen rohe rote Zwiebeln essen sie, ihre Armreifen klirren, sie haben Kopftücher um und sind fröhlich.

Ich höre ihre Stimmen und sehe einen weißen Himmel.

In meinem Traum gehst du rückwärts durch einen Riss unter meiner linken Augenbraue hinaus und hinein in eine Landschaft, furchtlos, mit schönen Schultern. Du löst dich auf. Du bist nackt, nicht sehr groß, stämmig. Und so blond bist du, gebräunt von der Sonne. Über dir ist ein Sternbild: ein Mädchen mit grauen, wachen Augen und vorstehenden Zähnen.

Ich zerbiss meine Finger. Ich holte einen halbwüchsigen Jungen in mein Bett. Er redete pausenlos, vögelte, lachte. Er sagte, er sei siebzehn und das würde mir sicher gefallen.

Er war älter, er bemalte Kacheln. Das war sein Ding, er war wild auf Farbe. Er schleppte immerzu Kacheln an, fiel, kaum im Haus, in eine Art Trance, dann legte er los, malte.

Der Junge hatte kräftiges, ungebändigtes Haar, einen nassen Mund und eckige Zähne. Er saß keinen Augenblick still. Ein Kannibale, andere Jungen verprügelten ihn, er nahm es achselzuckend hin, er wehrte sich nicht.

Wenn er nicht redete, was praktisch nie vorkam, hörte er Musik, sang, las laut aus einem Buch vor, kritzelte, am Boden hockend, in sein Skizzenbuch, verschlang ekelhaftes Zeug, sah Filme auf meinem Laptop, sprang herum, machte überall Dreck, wusch sich nicht, nervte, und zuletzt fädelte er Perlen und bunte Bänder in seinen komischen Ziegenbart.

Ich warf ihn raus. Er störte mich. Ich hatte keine Geduld, seine Jugend beleidigte mich.

Ich zerkratzte mir die Arme. Nachts legte ich mich auf den Fußboden, ich schlief in deinem Umriss. Ich war eine große gelbe Blume. Du kamst viele Male zu mir. Du warst aus einer hüpfenden leeren Luft, trugst ein T-Shirt, weiche Hosen und die aus Bast geflochtenen Schuhe. Wärst gern *auch so'n Schrauber* gewesen, im Overall, Barcelona 1936.

Ich rief dich, du kamst, obwohl du wütend warst über die Störung, müde, abgemagert, sie hatten dir den Kopf aufgeschnitten, dein Kopf sah aus wie ein geschwollenes Ei, dein Gesicht war eingefallen, du hattest traurige, böse Augen. Kamst mit einem Windstoß, ich hatte die Fenster geöffnet, trotz der Kälte, es war Winter.

Du hieltest dich in meinem Schatten, ich lief hinaus, stellte mich unter den Weißdorn. Regen fiel, meine Rippen schmerzten, ich dachte, ich bin gefangen von deiner Hand, die mich erwürgt. Früh war das Zimmer manchmal erfüllt von deinem Geruch.

Ich hörte auf zu schreiben. Ich hockte, suchte in den Dielenritzen nach Haaren, nach dem verlorenen winzigen roten Stein aus deinem Ring. Ich stocherte mit dem Messer nach Salzkörnern, die wir einmal verstreut hatten, fand Hautschuppen, Haschischkrümel, Spuren von Schweiß und Samen auf dem Teppich. Nach dem Glück suchte ich, dabei weinte ich. Unaufhörlich. Voll Zorn. Schlug den Tisch, an dem du gesessen hattest, schlug gegen deinen Rücken, zerschnitt dein schwarzes Hemd, lief Tag und Nacht nur in den Hosen meines Sohnes herum. Ein dürrer Kummer. Hässlich. Ungetröstet.

Ich hätte mich mit Lehm beschmiert und im Sand gewälzt, um noch einmal deine lästerlich helle, schleifende Stimme zu hören. Dein leichtes Lispeln. Du warst freundlich wie ein Seidenäffchen und roh, wenn du unter mich krochst und meinen Namen nanntest.

Ich allein war schuld an meinem erbärmlichen Zustand, weil ich deinem Lächeln gefolgt war, dem ersten Gedicht, das ich geschrieben hatte, in jenem Sommer, als wir vor dem Tor im Kasseler Philosophenweg herumlungerten, uns anstarrten, lachten, uns küssten, und ich dachte, behalt mich. Atemlos, um dich zu erschrecken, rief ich: Behalt mich. Du gefällst mir. Du bist mutig. Ich beschütze dich. Geh mit mir. Jo und Netti. Ein Atem. Uns wird nichts geschehen. Ich bin der Wind, sagtest du. Deine Schläfenlocken kitzelten meinen Hals, während du mit den Fingern über meine Zähne strichst. Jo und Netti, sagtest du. Du hattest ein schiefes zartes Lächeln auf deinem Gesicht, deine Augen waren stoned, du rochst nach Minze, nach Sonne, es war ein heißer Tag, ich leckte deine Ohrmuscheln, ich war ein Salbeiblatt unter deiner Zunge, ein vertrockneter Zweig in deinen Stiefeln, und deine Hände auf meinen Hüften waren warm und schmutzig.

Ich trug ein Blümchenkleid mit lila Kragen. Du sagtest: Ich schenke dir eine Kette zu dem Kleid. Dann sieht es lustiger aus. Eine Kette aus bunten Würfeln und Knochen. Und nachher brate ich uns Eier. Magst du Chili?

Du sagtest: Liebste Netti, ich glaube, ich liebe dich. Aber ich weiß es nicht. Vielleicht.

Mit vierzehn warst du auf der Straße, wie ich. Wir hätten uns treffen können, Wind und Netti. Nur ein Farbenspiel, du, ich. Geruch der Erde. Sanftmut und Fleisch. Ich bin deinem Geruch gefolgt. Instinkt, sagtest du. Ich bin pur. Mehr habe ich nicht.

Jetzt bekam ich winzige braune Flecken am Rücken und im Gesicht. Sah aus wie eine Tüpfelhyäne, und langsam fing ich an, mich zu verwandeln. Ich verwandelte mich in ein kindliches Unglück, in einen Löffel und Gelächter. Ich wurde verrückt. Ich suchte dich. Ich lief wildfremden Leuten hinterher, weil ich glaubte, du seist unter ihnen. Ich sah dich. Irgendwo in der Menge. Ich schwöre, ich sah dich, und dann ging ich hinterher, rannte dir nach, rief dich, fasste an eine Schulter, griff deinen Arm, eine Hand. Immer drehte jemand sich um. Du warst es nicht. Meine Enttäuschung war grenzenlos, und doch, ich tat es wieder.

Ich lief. Wo bist du?

Ich suchte Schutz an Flüssen, suchte Seen, Teiche, Tümpel auf. Wir beiden liebten Wasser, auf unseren Reisen hatten wir oft an Flussufern und am Meer geschlafen. Wo solltest du sonst sein, wenn nicht am Grund, unter den Steinen, in einer Blattader, im Schlick. Ein vergessenes Centstück am Rand eines Brunnens, im Rinnstein, unter dem Sitz im Abteil, vor dem Briefmarkenautomaten und neben dem Teller meiner Freundin Henrike, in Shanghai, als sie sich eine gefüllte Teigtasche in den Mund steckt.

Ich wusste, lange hielt ich es nicht mehr aus. Wie konnte ich so dumm gewesen sein, es nach all den Jahren noch einmal mit dir zu versuchen?

Ein Pfauenauge, Jo, sagte ich. Schau, im Zaun. Übermütig nahm ich es und legte es auf dein linkes Auge. Bist du das? fragte ich.

Ich soll nur ein Wunsch sein. Du nicktest. Ich bin nicht ich.

Ich erschrak, vergaß gleich, was du gesagt hattest. Der Tag war schön, der Tag war eine Katze, die Welt hing mit uns im Zaun, und du würdest Eier braten. Mit Chili.

Du bist, was ich mir wünsche, sagte ich leichthin, grausam war ich, es fiel mir gar nicht auf. Ich war mutig an diesem Tag im Juli. Dass du dich einmal, ein halbes Jahrhundert später, genau am gleichen Tag, an dem wir uns begegnet sind, dem Geburtstag deiner Mutter, zum Sterben hinlegen würdest, ist nur etwas für Verrückte, keine Geschichte, auf die ich stolz bin. Ich habe sie nicht erfunden und erst recht nicht geschrieben. Du bist eine schreckliche, todtraurige Geschichte, Jo. Ich fürchte mich ohne dich. Ich wäre gern ein reißendes Wasser, ich möchte alle umhauen und ersäufen.

Singlis im Spätsommer ist kein Ort für Geister. Ein Nest an einer Eisenbahnlinie. Rapsfelder, wenige Häuser. Stille Landschaft, Fritzlar ist in der Nähe, Borken, Homberg, Sand,

Sonne sitzt am Ufer, gleich neben dem Vereinshaus der Surfer. Es ist ein großer See, früher bauten sie in der Gegend Kohle ab. Es gibt Untiefen und eine Insel, verlottertes Buschwerk und Gesträuch. Müll liegt herum.

Einmal bin ich hier in Tränen ausgebrochen, weil du, kindlich, in deiner wunderbaren Regellosigkeit, nicht ins Wasser wolltest. Du schriest los, kinskireif, ich wollte lachen, aber Lachen war gefährlich, du warst außer dir, ein Geschoss, du kreuztest die Finger, drehtest dich im Kreis. Ein irrer Wirbel. Du schriest und fingst an, mich zu beschimpfen. Etwas drückt auf meinen Kopf, schriest du. Es tut weh, es tut weh. Instinktiv hockte ich mich hin, in einer sicheren Entfernung. Ich pinkelte und starrte dich an. Du sahst aus, als wolltest du dich aus dem Staub machen. Du warst dabei, deinen Körper zu verlassen, und namst deinen Verstand gleich mit. Falls noch etwas von ihm übrig war; ich wusste, wenn ich dich jetzt berührte, würde mich ein Stromschlag treffen.

In der Nacht hattest du von einem Pferd geträumt, es folgte dir. Hartnäckig trottete es hinter dir her, ein altes weißes Pferd mit nur einem Auge. Ein lästiger blöder Gaul, im Traum schob er seinen Kopf unter deine Achsel, er schnaubte, und sein Fell war staubig wie Mondlicht. Du wolltest fortlaufen, zu mir, aber das Pferd knabberte an deinem Hals, es kam plötzlich in Fahrt, schlug mit den Hufen, scharrte ein bisschen, und offenbar liebte es dich, sinnlos und närrisch vor Begeisterung. Du standest, Lider und Fäuste zusammengepresst, und als du doch wagtest, die Augen zu öffnen, sah das alte Pferd dich mit seinem einen blauen Auge an. Kalt und voll Verlangen.

In dem Augenblick kam der Teufel in meinen Kopf, sagtest du, als wir verschlungen auf dem Bettrand lagen. Wir tranken Kaffee aus der angeschlagenen Tasse, aus der wir immer tranken, jeder ein paar Schlucke, erst ich, dann du.

Wie Musik, sagtest du. Du riebst dir die Schläfen, der Schmerz war wieder da. Ein brüllender furchtbarer Schmerz. Er ließ dich schreien, du pisstest dir in die Hosen, tratest Türen ein, hämmertest deinen Schädel gegen die Wand. Du krochst auf allen Vieren, sprachst dunkle Verwünschungen aus, in einer Sprache, die ich noch nie gehört hatte. Du verfluchtest mich.

Fingst an zu tanzen, der Nachbar, der Boote baute, sein Sohn hockte bei den Nazis in der einzigen Kneipe im Dorf, drehte die Glotze lauter.

Der Teufel ist in meinem Kopf.

Manchmal liebtest du mich mit dem Teufel. Damit der Schmerz aufhörte. Dein Hirn explodierte, du warst nur Pisse und Musik. Du liebtest mich jeden Tag, morgens, mittags, abends. Leidenschaftlich, ein grelles Licht, vor dem Kinder sich fürchten. Ich konnte mich nicht beklagen. Selbst mit diesem grauenhaften Schmerz im Kopf warst du ein Glücksspiel, nur Hingabe und Schwanz. Ich habe jedes Mal die Augen geschlossen und dich angebetet.

Ich habe dich gepackt und geschlagen; ich besorgte dir Medikamente. Ich habe dich angefleht und geheult. Wenn es so weitergeht, wirst du sterben! Wir stritten uns, wir schlugen uns. Du liebtest mich. Sonne über dem Tal. Alle Bäume sind verbrannt, fern schleicht ein knochiger Mann über den Hügelkamm, ein Maultier läuft mit ihm. Der Mann ruft deinen Namen.

Mein Geschlecht löste sich auf, ich sagte: Unmöglich, sei vernünftig, du darfst mich nicht verlassen. Ich will deine Geschichten nicht hören, nicht deine Seufzer, all die schönen Wörter, die du sagst, ich bin nicht mehr ich, ich will schreiben, du lässt mich nicht schreiben, du liebst mich, alle Gedanken sind fort, da bist nur noch du. Sonne, deine Stimme, dieser schmale Grat zwischen Wachen und Schlafen. Ich klemmte im Schatten zwischen den Hibiskussträuchern und weinte nach dir, weil du mit irgendeinem beschissenen Dealer in einem eiskalten Auto saßt, unten in Tarifa.

Ein paar Spatzen balgen sich um einen halben Döner, den eines der russischen Kids weggeschmissen hat. Wir sitzen auf dem roten Handtuch. Das Handtuch hast du durch alle Asyle geschleppt, in die du irgendwann einmal untergekrochen bist. Es stammt aus deiner Zeit vom Bühnenbau. War eine gute Zeit, du hingst für Michael Jackson auf dem Gerüst.

Wenn du besoffen warst, zogst du dich dorthin zurück: Hinauf in vierzig Meter Höhe, mit dem Spanier, der leicht stotterte und eines Mittags, zugedröhnt, auf Koks, daneben griff und in die Tiefe stürzte. Es war sein Handtuch, sein Großvater war bei der anarchistischen FAI gewesen, in Spanien, du klautest das rote Tuch, wir sitzen drauf. Du trinkst Bier aus der Dose, von irgendwoher kommt *Love is in the air*. Es ist ein müdes Geschrei um uns, ein Gummiboot, eine riesige Giraffe, guck! rufe ich, schaukelt vorüber. Die Dorf-Shiva, Arschgeweih, Tattoo, winkt Franjo Pooth zu.

Wer? fragst du.

Sieht genauso aus, sage ich.

Wer soll das sein? fragst du. Auch nur ’n blöder Stecher, sagst du. Was liest ’n du?! Ich denke, du hast studiert? Enttäusch mich nicht, Netti. Ich glaub nicht, wen du da siehst. Too much. Wir sollten verschwinden. Der Tag geht.

Ich pule Sand und Steinchen aus meinen Badeschuhen. Wollen wir nicht ins Wasser gehen? frage ich.

Du hältst die Dose an deine Wange, blinzelst. Du sagst: Netti, ich kann nicht schwimmen. Ich werde ertrinken. Du sagst: Ich küsse deinen Mund, ich küsse deinen Hintern, aber ich werde ertrinken. Du nickst.

Eine Bisamratte flitzt durchs Schilf. Du hast Augen wie ein Schlittenhund. Wenn du gekifft hast, sind deine Augen noch schöner. Dein Blick ist ein Wunder, ich bin zwei Zentimeter über dem Boden.

Ich werde dich verlieren. Nicht hier am See, den ich, aber das weiß ich an diesem Nachmittag noch nicht, nie wiedersehen werde. Ich lege meine Hände auf deine nackten Schultern und lecke deine Nasenflügel. Ich bebe vor Entzücken, du atmest ruhig und lächelst. Wir könnten Wurzeln schlagen, uns vor Schaden schützen. Wir könnten Huhn essen. Und Zauber sprechen. Wir sind gut in Dingen, für die andere den Notruf wählen würden. Du steckst einen Finger in meinen Mund, streichst über meine linke Augenbraue. Netti, flüsterst du. Netti.

Nichts wird dir geschehen, der Schrecken sitzt anderswo, er denkt gar nicht daran, sich nach uns umzusehen. Ihr da. Geduld. Ich komme gleich.

Bleib weg. Was willst du?

Im Augenblick ist Wind, eine Ameise läuft über mein Knie. Die Giraffe draußen auf dem See kippt, ein Mädchen klammert an ihrem Hals, es kreischt, Mama, schlägt mit einer Welle hintenüber. Mädchen und Giraffenhals tauchen unter, tauchen wieder auf. Du nimmst den Finger aus meinem Mund, steckst ihn in meine Vagina. Ganz tief. Du streichst über deine rechte Augenbraue. Sagst: Nichts wird uns geschehen.

Komm, lass uns noch einmal ins Wasser gehen, bettele ich. Es wird bald kühl. Wir tun, als wären wir mit dem Wind hier. Nur du und ich, sonst niemand. Alle Autos sind fort, der Parkplatz ist leer.

Wo sind die anderen? fragst du. Tot? Du schürzt die Lippen, schaust auf deine Füße und misstrauisch hinüber ins Schilf.

Die anderen sind nach Hause gegangen, sage ich. Sie gucken Filme, essen. Schlucken Pillen, hauen sich – was weiß ich. Ich reibe über meinen Bauch. Mein Badeanzug ist alt, nur noch ein bisschen feucht. Ein gesmokter hellblauer Einteiler aus den Fünfzigern, am linken Träger baumelt ein weißes Schiffchen. Du hast den Badeanzug gefunden. Du findest immerzu. Glas, ein Tütchen voller Korallen zum Auffädeln, Stecknadeln, Schmuck, Hauben, Hüte, die Kreidezeichnung eines Kindes, Leinen, einen Elefanten, alte Wäsche, Borten, Bänder, Spritzdekor, ein Essigkännchen in Form eines gelben Flugzeugs, Puderdosen, silberne Eislöffel, Münzen, winzige Tiere aus Elfenbein. Du fährst über die Dörfer, fragst: Habt ihr? Gebt ihr? Was kostet? Jahr um Jahr streifst du mit deinem verrosteten stinkenden Bus durch die Schwalm und findest. Der Badeanzug ist aus einem Abbruchhaus in Romrod.

Ich kann nicht glauben, dass es alle diese Sachen noch gibt. Verlorenes wühlst du aus wurmstichigen Kommoden, Schränken, holst es aus Scheunen, von der Straße und vom Müll. Seltsames Zeug rennt dir nach, schlägt sich zu dir – durch die Felder, von Dachböden herunter, aus Kellern, Gärten, Ställen, Kisten. Krempel, jede Menge Mist, ein paar Antiquitäten, Arme-Leute-Möbel, Bilder, Stühle, geflochtene Koffer, genagelte Schuhe, ein Kachelofen mit einer zu Pergament vertrockneten Ratte drin und Gläser voll Kirschmarmelade. Nimm mich mit. Lass mich nicht zurück. Gleichmütig und freundlich sammelst du ein, nichts ist hässlich, wertlos, nichts unter deiner Würde.

Ein Jedes, das du rufst, kommt und ist ein Liebeslied, und du antwortest. Darum liebe ich dich. Jo. Diese Gabe habe ich nie wieder bei einem Menschen gefunden.

Wir denken uns ein Boot, das im Schilf versteckt ist.

Lass uns schwimmen gehen. Komm, sage ich. Das Wasser ist warm und sandig. Du schwimmst an meiner Hand, Jo. Vielleicht ist es das letzte Mal.

Ich werde ertrinken, sagst du. Und du wirst mich nicht finden. Machst einen trotzigen Mund und zischst. Du hast drei strenge Falten auf der Stirn und hinten im Nacken lauter Locken. Oben auf dem Kopf bist du schon kahl. Früher hattest du Haare wie Federn, langes hennarotes Haar. Du trugst ein indisches Hemd und Arbeiterhosen. Die Welt lief dir nach, Bleib stehen! rief, wer dich sah.

Du schaust mich unter halb geschlossenen Lidern kläglich an. Schüttelst den Kopf.

Unsinn, sage ich. Wir schwimmen am Ufer entlang. Das Wasser ist nicht tief.

Ich bin nicht mutig, sagst du. Fragst: Und wenn du mich nicht hältst? Und loslässt?

Tu ich nicht. Bestimmt nicht. Komm. Schaust aus wie ein Bär und willst nicht ins Wasser gehen?! Jo, sage ich, ich werde ärgerlich.

Ein Boot im Schilf? fragst du.

Ja. Schau. Siehst du's?

Da ist einer drin, sagst du.

Jo, sage ich. Das Boot ist in meinem Kopf. Ich bin das Boot.

Ein Mann, sagst du. Ich sehe ihn. Er gefällt mir nicht. Ich will nicht. Nein.

Trink nicht so viel Bier, sage ich wütend. Völlig bescheuert bei der Hitze! Komm.

Ich springe auf, greife deine Hände und ziehe dich hoch. Böses Tier! rufe ich. Eine Runde, und dann fahren wir. Los.

Püppi?

Ja?

Ich trenne mich von dir.

Wann? Jetzt? Ich starre dich an.

Püppi hat nie einer zu mir gesagt. Omi Rehlein sagte *Püppi*. Ich habe das Wort Jahre nicht gehört. Und Rehlein ist tot, sie starb während eines Gewitters im Sommer 78. Du warst mit Lili auf dem Weg nach Portugal.

Zu viel Bier, Jo, sage ich.

Ich trenne mich von dir. Aber ich verlasse dich nicht. Du

nickst, wir stehen voreinander, halten uns an den Händen. Deine nackten kräftigen Beine sind sandig, du stellst einen Fuß auf meinen, lächelst, flüsterst: Püppi.

Du hast schöne Füße. Ich mag sie gern ansehen.

Du siehst mich, wie du dich siehst, sagst du leise. Das ist falsch. Ich bin ein Wunsch. Nicht wirklich. Nicht ich. Ich bin schon fort. Du zuckst leicht die Achseln.

Von irgendwoher kommt Wind. Bringt einen großen fliegenden Käfer mit. Die Sonne fällt jäh von rechts über den Singliser See. Ein Güterzug saust vorüber. Du hast kein Gras mehr. Wir werden zu Robert fahren, um welches zu holen. Kein guter Gedanke. Ich mag nicht zu Robert fahren. Die Nase in die Sonne gereckt stehst du, als hättest du Jahre im Knast verbracht.

Nach deinem Tod werde ich Wochen im abgedunkelten Zimmer sitzen, auf einem Stuhl, ich werde rauchen, nicht essen, ich werde deinen Namen sprechen wie ein Mantra, dich verfluchen, ohnmächtig, dich anbetteln, zurückzukommen. *Komm zurück wo bist du?*

Ich spucke auf dich du hast mich verlassen Dreckskerl was habe ich dir getan WOBISTDU. Ich werde dich vierteilen verscharren wieder ausgraben dir Atem einhauchen du hast mich verraten Verrat verzeihe ich nicht du hättest nicht gehen dürfen nicht so nicht mit dieser Gewalt.

Wochen werde ich auf diesem Stuhl in der Mitte des Zimmers sitzen, bis eine Frau kommt, die dich hinausschickt. Die Frau ist eine Reisende. Sie steigt aus dem Zug und sammelt ein, was von mir übrig ist.

Ich bin schon fort! lachst du.

Jo, warte!

Du ziehst die Schultern hoch, senkst den Kopf. Stehst mit geschlossenen Augen, lächelst, schwindelig von der Möglichkeit einer Flucht, und läufst los. Ständig willst du fliehen.

Du bist schnell, du läufst wunderbar, alles an dir ist Kraft, Gewandtheit. Einmal habe ich dich in der Nacht, barfüßig, nur in einen Sarong gewickelt, an der Wand des Turms, den wir gemietet hatten, hinaufklettern sehen, über die Dächer. Über dir Himmel und ein paar Sterne, unter dir die Rambla von Altafulla, rechts davon der leere Strand und das Meer.

Ami stand im Dunkeln neben einer Mülltonne. Ich spähte von der Dachterrasse zu ihm hinunter. Wir waren verabredet, Ami wollte zum Essen kommen. Er hatte den ganzen Tag in großer Hitze auf einer der Baustellen am Rande des Ortes gearbeitet. Ami war illegal. Dieser leidenschaftliche schöne Mensch, Trommler und Läufer, teilte sich einen Keller mit dem kleinen Diack. Diack liebte weiße Mädchen und dealte. Ich liebte beide, Ami und Diack. Zauberhaft, großmütig und arm und so freundlich waren sie. Wir hatten es gut mit ihnen, sie brachten uns immer etwas mit, Ami tanzte mit uns. Diack verschlang Berge von Spaghetti und Thunfisch, du kochtest für uns, wir lachten zusammen, gingen spazieren, nachts, wenn niemand mehr am Strand war, und Ami, der mein blaues Steinarmband trug, sang.

Ich sehe uns in diesem Augenblick, Ami, Diack, dich und mich. In Singlis am See sehe ich uns. Furchtlos, lustig, eins sind wir. DuIchDiackAmi.

Dein bestürztes kindliches Lächeln lässt mich hinter dir herlaufen und Buchstaben zwischen deine Schulterblätter malen. Warte!

Du watest durch den Schlamm ins seichte Wasser. Wo bist du? rufst du.

Ich höre deine helle Stimme, lästerlich und vertraut. Du tauchst unter, kommst prustend wieder hoch. Eine Ente schimpft.

Ich hätte Ami nehmen sollen. Nachdem du gestorben warst, legte ich mich auf die Dielen und stellte mir Ami vor. Er war sanft, riesig groß, tiefschwarz, schmal, mit langen

Gliedern wie weiches Holz und runden dunklen Augen, üppigem kurzem Haar, das in unzähligen winzigen Zöpfen vom Kopf abstand. Fettglänzend, fest, wie aus Seil geflochten.

Diack verschwand eines Tages. Ami fand eine Schwedin, ihr Vater war Arzt; sie kauften ein Haus in Torredembarra. Ami ist am Leben, ich wünsche: glücklich. Diack ist tot. Es war Winter, dir blieben noch ein paar Wochen, bevor du dich in Rauch auflösen würdest, und Diack kam. Im Traum schenkte er mir einen Schmetterling, ein Pfauenauge. Der Tumor in deinem Kopf hatte die Form eines Schmetterlings. Ich besitze ein Foto von Diack. Liebling. Diack. Er hatte Diamantsplitter in seinen Zähnen. Weiße Mädchen mögen schwarze Jungen mit langen rosa Zungen und diamantenen Sternen in ihren Mäulern, behauptete Diack. Er vögelte sie freundlich, innig, er behandelte alle gleich. Er wusste, er hatte nicht mehr viel Zeit. Jemand würde ihn verraten. Er wusste es, seit er mit anderen in einem Boot über das Meer gekommen war. Von Ami habe ich nichts. Aber Ami hat mein Armband. Vielleicht trägt er es noch.

Netti! rufst du. Komm schnell. Überall sind Libellen. Ich ertrinke. Netti. Du rufst laut, paddelst wie verrückt. Dabei kannst du dort, wo du bist, noch stehen. Du nimmst eine seltene Farbe und Leben an und wirst plötzlich wütend. Wo bleibst du? brüllst du.

Ich muss lachen. Es ist wirklich komisch. Ich stehe mit den Knöcheln im Wasser, schaue auf deine blonden muskulösen Oberarme. Du kannst nicht schreiben, soll ich das glauben? Und lesen auch nur, wenn ich lange genug Theater gemacht habe. Abzweigungen hasstest du. Zurück, wenn du die falsche Spur erwischt hattest, war unmöglich, du wurdest fast ohnmächtig vor Wut. Zum tollwütigen fünfjährigen Kind. Wohin? schriest du. Netti? Rechts? Links? Ich kann mich nicht entscheiden, schriest du.

Sag mir, wohin willst du?

Wo du hin willst, will auch ich. So weit kam ich gar nicht. Um uns brannte die Luft, wir waren stundenlang gefahren, es wurde langsam Nacht, die Autobahn führte runter in den Süden, du schriest. Beim ersten Mal, als es geschah, du explodiertest einfach, brach ich in Tränen aus, ich war das nicht gewöhnt. Arschloch. Ich schlug dir ins Gesicht. Du tratest so heftig auf die Bremse, wir flogen nach vorn, der Bus schlingerte. Ich hörte dich hell und ungläubig aufschreien, deine Faust traf die Ablage, du stöhntest. Niemals, flüstertest du, ich schlage dich nicht. Du zogst meinen Kopf zwischen deine Schenkel. Deine Hand roch nach Gras und Salz, ich hatte Herzrasen, Angst hatte ich. Deine Beine zitterten.

Ich sah verstört auf, führte die Hände zum Mund.

Tu das nie wieder, sagtest du. Dein Gesicht war tränenüberströmt, und ich nahm dich in den Mund. Du weintest, während ich an dir leckte, kaute, schluckte und die Wörter, die wir uns später sagen würden, auf irgendeinem Rastplatz mit einer Pinie über uns, in meinem Kopf tanzten. Gras Glück Pinie Diack Ami: Wörter hast du mir geschenkt. Und gute Geister. Mit dir war ich sicher. Uns würde nichts geschehen. Wir würden immer auf Reisen gehen, jeder behütet im Mund des anderen. Unsere Stimmen waren wie ein Märzregen, wir liebten uns in jedem Augenblick, bis zu jener Nacht, als der Engel durch Portbou zog. Ein böser Wind war uns seit dem Cap Cerbère gefolgt. Der Himmel über uns war schwarz. Du sangst leise; aus dem Nichts klatschte ein Vogel gegen die Windschutzscheibe. Wir schafften es gerade noch unter die Markise des Hotels am Hafen. Alle Feindseligkeit der Welt brach los. Dachziegel flogen durch die Luft, Äste, Wäschestücke, Sonnensegel und eine Katze.

Wir sahen sie, ungläubig. Die Katze war groß und gelb, und wir starrten ihr nach. Wir hörten Stimmen und Schreie und den rasenden Wind. Regen überschwemmte die Straßen, die Bäume bogen sich.

Wir saßen vorn im Bus, rauchten. Wussten nicht, ob der Bus umkippen, oder von einer der meterhohen Wellen ins Hafenbecken gerissen werden würde. Und wir mit.

War da wirklich eine Katze? Hast du die Katze auch gesehen? Jo?

Jemand klopfte gegen das Seitenfenster. Du kurbeltest die Scheibe runter.

Lass, sagte ich. Tu es nicht. Da ist niemand. Nur der Sturm.

Hör doch, sagte ich, und stemmte mich gegen dich.

Zu spät.

Hombre? Kommst du?

Verschwinde, sagte ich.

Hau ab. Mach die Scheibe hoch. Jo. Scheiße. Wer ist das?

Hombre. Gibst du mir Feuer?

Ich fing an zu reden, laut, immer lauter redete ich, sinnloses Zeug. Von der Katze und dem Regen und von Benjamin in Portbou. Ich boxte gegen deine Knie, ich sagte: Sieh mich an. Küss mich. Ich zog dein T-Shirt hoch und saugte an deinen Brustwarzen. Ich sagte: Schau. Da geht Hanna Schygulla. Sie kommt aus dem Büro der Legion. Sie ist barfuß und hat eine Machete in der Hand.

Ein dünner Hund rannte aus dem Hoteleingang. Musik war zu hören, Reggae, und eine Frau rief. Rief und rief einen Namen. Marie Marie. MARIE. Und Stille. Regen. Wir aßen Oliven aus dem Glas, sprachen bis zum Morgen kein Wort.

Jo, sage ich. Mein Herz liegt bloß, weil du neben mir schwimmst, du bist stolz, ich bin es auch, das Wasser ist flach, kein Hai in Sicht, du wirst nicht ertrinken. Argwöhnisch, mit gerunzelter Stirn schwimmst du in den trägen Wellen nah am Ufer und fluchst.

Ich sehe dich und lache, dein Gesicht ist ernst, du blinzelst gegen die Sonne, streckst mir die Zunge raus. Netti, höre ich, du gurgelst.

Nein, sage ich, unmöglich, zappel nicht.

Fisch, sagst du. Großer Fisch. Schlange.

Wo? Unter mir, höre ich. Jo. Sei nicht blöd. Halt den Kopf hoch. Was tust du?!

Sehr große Schlange, gurgelst du. Tauchst unter, ich schreie, atme tief durch, wo bist du?

Verschwunden.

Jo! rufe ich. Ein Blesshuhn gründelt, ich sehe es im linken Winkel meines Auges. Und spüre deinen Kopf an meinem Bauch. Du kommst mit einer Wolke aus Schlamm und Entengrütze genau hinter mir hoch, umarmst mich.

Haifisch! rufst du, lachst, spuckst einen Schwall Wasser aus. Schlingst die Beine um mich und ziehst mich wild paddelnd hinüber ins Schilf. Püppi ertrinkt nicht. Hast gedacht, ich kann nicht schwimmen, Netti? Nur, weil ich ein Bauer bin und du dumme Wörter erfindest? Bin ich ein Wort? fragst du. Siehst es ja.

Mein Wort, sage ich im Schilf des Singliser Sees.

Ich gehe fort und komme nie wieder. Du nickst.

Wann? frage ich.

Du küsst meine Brust. Bald.

Nimmst du mich mit? frage ich. Wir könnten zusammen gehen.

Kein guter Gedanke. Nein. Du schüttelst den Kopf.

Jo.

Netti?

Nimm mich mit, sage ich.

Ich muss allein gehen. Weißt du doch.

Die Abendsonne hat uns links überholt. Wir halten uns an den Händen, laufen nackt, die nassen Badesachen in der Basttasche, über die Wiese hinüber zum Parkplatz, wo der Bus steht.

CIAO BERTE, CIAO AMI

Ami läuft, er ist schnell, hinüber zu den Klippen, in diesem schönen Licht. Läuft und winkt. Der Abend fängt eben erst an, wir werden uns treffen. Später, bei den Agaven.

Wohin? rufe ich. Ami!

Berte steht mit nackten Füßen im Sand, wir halten uns an den Schultern und lachen.

Am Himmel Reklame, viele Wolken, grau, lila und grün. Ein Propellerflugzeug brummt.

Die dicke Lehrerin aus Saarlouis ist krebsrot, sie liegt seit Stunden wie tot auf der Bastmatte. Ihr kleiner Sohn schüttet jedes Mal, wenn er aus dem Meer auftaucht und herübertrottet zu ihr, Wasser aus einer Colaflasche über ihren Rücken. Die Frau hebt nicht einmal den Kopf. Denniiis, lass! grunzt sie, fingert ihren Stringtanga durch die Arschspalte. Dennis Lippen sind blau, er zittert, pult in seinem Nabel. Der Junge ist böse, ein fettes Ninja-Turtel, niemand kann ihn leiden. Bestimmt hat er Schwimmhäute zwischen den Zehen. Abends sperrt die Lehrerin ihn zusammen mit seiner Schwester, einer störrischen Vierzehnjährigen, im Apartment ein, und geht rüber zu José, um andere Lehrer zu treffen.

Lisa hat mir erzählt, dass die Frau, seit ihr Mann sie in den Ferien genau an diesem Ort hat sitzen lassen, jedes Jahr mit ihren Kindern zurückkommt. Sie ist hochmütig und ziemlich hässlich. Sie weiß, alle, die sie Jahr für Jahr in Altafulla treffen, kennen ihr Schicksal, sie bedauern sie nicht und reden über sie. Der Lehrerin ist es recht; sie strahlt eine höhnische Bitterkeit aus. Nach Sonnenuntergang steckt sie ihr Haar hoch, wirft einen Schal über ihre Brigitte-Batik, Modell Ibiza, sie schneidert selbst, geht los und versaut den Kollegen aus Freiburg die erste fröhliche Tequilarunde mit ihrem Gesicht.

Sie mag das, sagt Lisa. Die tut mir nicht leid. Wer sich so aufführt. Und dick ist die! Hast du mal genau hingesehen? Warum macht sie nicht Diät? fragt Lisa. Netti. Hältst du das für gesund?

Berte lacht in mein Ohr. Unsere Hände sind klebrig, wir haben Orangen gegessen, mit Ami, der fortläuft, umkehrt. Nein. Ami, komm doch zurück! Eben sehe ich ihn hinter einem Felsvorsprung verschwinden. Drüben bei den Baukränen, die das letzte Pinienwäldchen bedrohen. An die Pinien schließt ein noch unbebautes Areal an, ein Stück Land voller Olivenbäume. Hier stand ein altes Hotel, nur für Reiche. In den Fünfzigern unter Franco erbaut.

Berte ist für zwei Tage von Barcelona herübergekommen, wo sie ein Studio hat. Ganz in der Nähe des Zoos. Ich war einmal dort. Wir sind sehr verliebt, Berte und ich. Berte in ihrem kurzen Leopardenkleidchen, ein Nichts aus Chiffon, bedruckt, vom Trödel, mit ihrem wilden schwarzen Haar, sie ist so dünn. Schrecklich dünn. Ich habe ihre goldenen Sandaletten in den Plastikbeutel gestopft, zu dem Gemüse und den Magdalenas, der Dose mit Thunfisch und den Spaghetti. Ich trage eine alte Armeehose, ein viel zu weites verwaschenes T-Shirt. Meine Haare sind rot, wie ein Helm geschnitten. Ich habe keinen Busen und knochige Hüften, bin klein, ein wenig schief. Berte ist größer. Sie hat eine gerade strenge Nase, dunkle, geschwungene Augenbrauen, am Kinn, rechts, hat sie ein Muttermal. Ihr Kuss schmeckt nach Anis. Wir küssen uns gern. Berte schreibt Sätze wie: *Ich habe deinen Mund genommen als Hamburg nachts ins Wasser ging wie eine fromme Dame.* Wir beide schreiben Gedichte. Das ist nichts Besonderes. Niemand wird uns dafür lieben oder uns zuhören. Über das Gedichte-Schreiben haben wir uns kennengelernt, zwei junge Frauen, die nun, älter geworden, Orangen gegessen haben und denen keiner etwas schenkt. Wer schenkt Berte etwas? Wer Ami? Und mir? Ich schenke Berte Ami. Und ich? Was bekomme ich?

Wir stehen in der späten Sonne am Strand von Altafulla, wir sind ein Wunsch, atemlos, freundlich. Ciao, Berte. Kommst du? Wohin könnten wir gehen, bis Ami von seinem Lauf über die Klippen zurückkehrt?

Ich erdenke dir Ami. Ihr habt euch nie gesehen. Ami ist ein Läufer, ein Trommler, er trägt mein Armband aus runden blauen Steinen. Er ist groß und schwarz, er lebt mit Maria. Sie hat ein Kind; Ami wird sie verlassen. Er wird nicht mit uns gehen. Wohin auch. Ami ist Bewegung, ein Flugsturz; und wie das Licht über dem Meer verlässlich.

Ich habe es mir gewünscht. *Hab ich mir deine Hand geklaut ich hielt sie in den Wind wie einen Lieblingsfisch.* Ich wollte so gern nur einmal mit dir hier herumstehen, in einem Zauber, und das Meer sehen. Ich mag deine Kleider, deine Wörter und deinen Mund.

Du hast Ami vorgelesen. Er hat nichts verstanden, kein einziges Wort, aber er strich aus Übermut, und weil es ihm gerade einfiel, über dein linkes Knie, warf sich zurück, und du warst eine lustige klare Schrift, die in der Luft stillstand. Süß wie eine Orange warst du, an der ich lutschte, und ich hörte dir zu. Ohne nachzudenken, berührte ich Amis Schulter. Er lag im Sand, begann, ein Lied zu singen. Ein Lied von Manu Chao. Ich habe nie mit Ami geschlafen. Wir haben keine gemeinsame Sprache. Ami spricht Französisch, kein Englisch, und ich kann kein Französisch. Ami riecht nach Koriander; er geht nie schwimmen.

Ein Glück, dass ich ihn getroffen habe. Zuletzt habe ich

ihn vor einer Ampel an der Hauptverkehrsstraße in Tarragona gesehen, als Basco und ich bei Rot anhielten, auf unserer letzten Reise. Das ist lange her, Berte. Jos Asche ist in der Schwalm vergraben, in einem 280-Seelen-Nest. Vor dem Grab, am Eingang, verkümmert ein Pflaumenbaum; die Krone ist gekappt. Trauriger Anblick. Ein halber Baum. Gegenüber scharren bunte Hühner auf einem Hof. Ich war mit Van dort, im August. Wir machten ein Picknick. Jo bekam zwei hart gekochte Eier, Schinken, ein halbes Baguette und ein Glas Wein.

Wir sind hier. Ami läuft, er wird zurückkommen. Oder auch nicht. Das Meer ist ruhig. Wir haben noch ein bisschen Geld. Lisa ist für das Wochenende zu Paolo und Kurt gezogen, wir dürfen in ihrer Wohnung schlafen. Zwei möblierte Zimmer in einem der Fischerhäuser, direkt auf der Rambla.

Wie ist es in Barcelona, Berte? Hast du jemanden kennengelernt? Du bist für dich, allein. Immer bist du allein. Ich bin es auch. Früher war das anders. Wir waren viele, hatten nie Kopfweh, und die Stimmen, die wir hörten, waren die unserer Freunde. Dein Haar kitzelt meine Nase. Dein Leopardenkleid ist umwerfend. Woher hast du es? Heute schaust du aus wie die Callas. Ich weiß nicht, woher du den Mut nimmst. Ich bin immerzu erschöpft und wütend, bemale mir vielleicht noch den Mund. Li hat mir einen neuen Lippenstift geschenkt. Li kauft Lippenstifte, dann gefällt ihr die Farbe nicht, und ich bekomme den Stift.

Ich nehme eine Strähne deines Haars in den Mund, kaue darauf herum. Lass uns einen Augenblick gehen, sagst du. Du nimmst meine Hand, wir schauen uns in die Augen, ich stecke mir eine Zigarette an.

Barcelona, sagst du. Zuckst die Achseln. Was soll ich dir erzählen. Hast du geschrieben? fragst du. Woran arbeitest du?

Wir laufen durch den Sand, wir flüstern. Der Wind ist warm, einmal drehe ich mich um, Jo duckt sich. Er verschwindet im Toreingang, geht die Straße hinunter, schlenkernd, neben den geparkten Autos. Diack folgt, einträchtig, sie reiben ihre Hüftknochen aneinander, tänzeln, sie lachen, sie gehen in die *Torreta*.

Ich tue nicht viel, sagt Berte. Ich stehe früh auf, ich male. Ich laufe durch Barceloneta. Ich bin gern dort. Berte zieht mich zu einer der Duschen. Wir waschen uns die Hände.

Ich habe noch keine Schüler gefunden, sagt sie. Das ist dumm, denn ich brauche Geld. Berte gibt Gesangsunterricht. In ihren frühen Jahren auf der Berliner Museumsinsel hat sie sich vor Schülern nicht retten können. Berte hat einen starken Willen, und sie ist fleißig. Sie bekam Stipendien, schrieb, malte, war Performerin. Berte spaziert übers Trapez, unter ihr ein Fluss, Stromschnellen und ein Haufen als Alligatoren verkleidete Kerle. Ihre Schönheit lockt Rudel fresssüchtiger Tiere an. Sie tritt nie fehl und nicht daneben. Sie ist klug und stets sie selbst, Stimme, ein mir unbekanntes Orchester, dem ich lausche. Ich mag Berte sehr. Ich bin völlig unmusikalisch, habe mich selten hinausgewagt, habe nur geschrieben und geschrieben, an dem immer gleichen Platz, an dem ich auch jetzt sitze und aus dem Fenster blicke. Auf die Streuobstwiese. Zähle drei Waschbären und ein dusseliges Reh, das glotzt.

In der letzten müden Sonne auf der Rambla von Altafulla. Berte im Arm, den Beutel mit Lebensmitteln über der Schulter, eine Zigarette im Mund. Ohne Ami und ohne Jo, der tot ist.

Heute bin ich sehr jung, Berte. Du und ich. Wir sind jung. Was denkst du? Sag. Ich habe mir einen Backenzahn ziehen lassen müssen, bevor es uns hierher verschlagen hat. Grässlich. Und du hast es im Rücken. Jünger sind wir, als wir es je waren. Nur ein Gedanke.

Arm, verrückt und schön. Ich rauche noch. Das ist schlimm. Du hast lange kein Buch mehr veröffentlicht. Und ich muss auf die Wohngeldstelle.

Komm, sprach der Sand, leg dich
in meinen kalten Pelz aus Schlaf, und komm.

Wollen wir einen Espresso trinken? fragt Berte. Wir müssen ja nicht ins Apartment. Ich bin nicht hungrig. Du weißt, Essen ist mir ziemlich gleichgültig. Ein Espresso.

Ja. Vielleicht rauche ich eine Zigarette.

Wer war das? fragt Berte. Vorhin. Der Mann im Toreingang. Er hat sich nach uns umgedreht. Kennst du ihn?

Nein.

Er war mit einem Schwarzen da. Ein Hübscher. Ich mach mir nichts aus Schwarzen. Berte lacht. Ich mache mir aus niemandem irgendwas. Mir egal.

Wen hast du gesehen, Berte? frage ich.

Ein kleiner weißer Hund, wurstförmig, kugelt zwischen unsere Beine.

Hallo, ruft Berte. Der Hund zittert und pinkelt vor Schreck auf meine geschnürten braunen Stiefel.

Wo kommst du her?

Ich habe dich gesehen, sagt Berte. Sie riecht nach *Scherrer*, und ihr Mund schmeckt nach Aprikosen.

Wir sind allein, sage ich.

Da ist die Sonne, das Meer. Da ist der kleine Hund. Eine alte, dick geschminkte Katalanin in einem pflaumenfarbenen Kostüm kickt ihn von meinem Stiefel. Packt das zappelnde Etwas, würgt es. Sie zetert. Der Hund jault und schnappt.

Danke, schöne Frau, sagt Berte. Hallo Hund. Alte Kuh.

Ekelhaft. Espresso, Netti? Berte drückt meinen Arm. Wir haben viel Zeit. Woher soll ich Schüler nehmen? Kannst du mir das sagen? Ich kann nicht in Barcelona leben. Ohne Schüler. Wovon soll ich die Miete bezahlen? Das Geld von meinem letzten Stipendium ist fast weg. Es ist so schwer. Wenn ich das gewusst hätte, wäre ich nie gekommen. Was tust du, fragt Berte, in Altafulla? Gespenster gucken? Hier ist nichts. Alles zubetoniert. Nur Rentner. Und ein paar arme Seelen. Von Marokko, übers Meer. Ami. Stimmt's?

Wir sind zu alt für diese Geschichten, sagt Berte. Das Meer. Na und?

Ich schlafe keine Nacht, sagt sie.

Meine Hand unter ihrer Achsel. Wir setzen uns auf zwei wackelige Stühle. Ein zarter Mensch aus Ecuador, der Kellner, linst müde aus dem Eingang der *Bar de Nuit* herüber.

Mit wem schläfst du? fragt Berte fröhlich.

Ich bin allein. Ich lächele. Du bist bei mir, sage ich.

Macht dich das glücklicher? Espressi! ruft Berte. Wer ist Ami? fragt sie. Sie reibt über ihre Nase, niest. Berte schüttelt ihr schwarzes Haar, schaut mich streng an.

Ami ist ein Wunsch, sage ich.

Für einen Wunsch hast du mich aus Barcelona herübergeholt?

Harmlos, Berte, sage ich. Ich dachte, es täte dir gut, mich zu sehen.

Nein? frage ich, und meine Stimme wird scharf.

Ah ja. Warum nicht. Wir sind hier. Berte nickt. Es gibt schlimmere Orte.

Kochst du? frage ich nach einer Weile.

Ein Skater saust an uns vorüber.

Ich? Aloha. Gib mir eine Magdalena. Und eine Zigarette. Berte schiebt die Zunge zwischen ihre Zähne.

Du rauchst? frage ich.

Wenn du kochst. Berte wirft ihr Lachen in die Hände des Mannes aus Ecuador. Der Mann stellt die Espressi auf unseren Tisch und starrt Berte hingerissen an.

Haben wir noch Orangen? fragt Berte.

Der Mann will nicht gehen. Sie seufzt.

Ein neuer Freund, sage ich.

Ecuador geht rückwärts aus unserem Blickfeld. Wellen schlagen an den Strand. Berte reibt ihre Waden, sie schließt die Augen. Ich ziehe die braunen Schnürstiefel aus, lege meine Füße in ihren Schoß.

Einer mehr, murmelt Berte. Hat er Geld? Allein, murmelt sie. Beißt in ihre Magdalena. Was ist schlimm daran, allein zu sein? Wir waren doch immer allein. Heute ist Altafulla mit dabei. Bingo. Du, ich, das verschissene Nest. Siehst du irgendwo den Mond, Netti?

Zu früh, sage ich, und gähne. Ami bringt ihn. Wirst sehen.

Ami, Ami. Du hast Ideen.

Berte hält sich in einer Schräge, sie hat eine Spur Zucker und Kuchenkrümel am Hals.

Der Skater kommt zurück. Ein blonder Junge mit Dreadlocks und einem Bob-Marley-T-Shirt. Er umrundet den Tisch, an dem wir sitzen. Warum taucht eigentlich nirgendwo Ho Chi Minh auf den magersüchtigen Körpern der durchgeknallten Kinder auf? Den haben sie vergessen.

Berte raucht und reibt meine Waden.

Wir sollten ein Glas Wein trinken.

Der Mann aus Ecuador wartet, sehnsüchtig sieht er zu Berte herüber. Ihr Leopardenfummel erregt ihn. Meine Armeehosen erinnern an Knast.

Vielleicht singst du, sage ich. Berte. Puccini?

Ach nee.

Erinnerst du dich? Ich nehme meine Füße von Bertes Schoß.

Wer war der Mann im Toreingang? Netti? fragt Berte.

Die Lehrerin läuft, ohne uns anzusehen, vorüber. Sie wackelt, ein lebendiges Schnittmuster. Ibiza auf dem Weg nach Tequila.

Ami kommt zurück, sage ich vage.

Zwei Wein? fragt Berte.

Die Sonne fällt ins Meer. Ein Fischerboot blinkt.

Schön mit dir. Ich strecke mich. Der Mond soll vom Himmel herunter und in dein Glas.

Liebe Netti. Ich trinke Mond und werde finster und muss furchtbar kotzen.

Weißt du noch? frage ich.

Aber ja.

Du hattest Papierrosen auf die Treppe gestreut. Ich war zu Besuch gekommen. Das erste Mal hatten wir uns bei Peer getroffen, auf dem Land. Du schriebst Gedichte, wie ich.

Fingst an, eine Begabung zu werden, und hattest was mit irgendeinem Dichter.

Huhu. Berte kichert. Wann war das? Im vorigen Jahrhundert?

Du warst auffällig, kraftvoll. So ganz neu und hell. Ich nicke.

Rosen Tulpen Nelken, sagt Berte.

Sei nicht gemein, Berte. Du hattest ein Buch veröffentlicht, ich arbeitete über Emmy Hennings. An dem Tag, an dem wir uns wiedersahen, nach dem Ausflug aufs Land, haben wir über Sexton gesprochen, über das Schreiben. Ich bin nicht gern von dir gegangen.

Immer haben wir uns getrennt. Berte schaut zur *Bar de Nuit*. Dumm.

An dem Abend waren wir ein Glück, sage ich leise.

Jaja. Glück. Hallo.

Wir hatten die gleiche Leidenschaft. Schreiben. Ich wusste nicht viel über Emmy Hennings.

Hab ich nie gelesen. Berte schüttelt den Kopf.

Ihr ähnelt euch.

Worin?

Unterwegssein.

Ach, komm. Trifft auf die halbe Menschheit zu. Unterwegssein. Aus Not. Um Geld zu verdienen!

Doch. Ihr ähnelt euch. Rufst du noch mal nach dem Kellner? frage ich.

Gin? fragt Berte.

Wird nicht gut enden, Gin. Bestell Wein.

Emmy Hennings? fragt Berte nach einer Weile. Sie trinkt einen Schluck Wein. War die nicht verrückt katholisch? Bettelarm und ziemlich gaga?

Ein Außer-sich-Sein. Bestürzung. Kälte und Zielstrebigkeit. Ich nicke.

Siehst ja, wohin mich die Bestürzung gebracht hat. Berte lacht laut. Theorie. Sie schnippt mit den Fingern. Gibst du mir die Miete für den nächsten Monat?

Zum Abschied hast du mir eine Arie gesungen. Im Treppenhaus. Ich musste zum Zug.

Über Rosen die Stiege runter. Das Licht ging nicht. Mit der Callas hinunter auf die Friedrich-Ebert-Straße. Kristin hatte noch das Taft-Lädchen. Es regnete. Es war einer dieser üblichen Scheißtage. Kassel im Regen. Und du sangst. Kristin lief unter einem riesigen Schirm ins Eiscafé. Sie rief mir einen Gruß zu, als ich in die Tram stieg.

Du bist Onassis. Darum sitzen wir hier. Wegen deiner Ideen. Altafulla! Berte winkt. Wo ist er hin? Schöner fremder Mann. Kann er übers Wasser gehen?

Der Kellner taucht nicht auf. Vielleicht raucht er in der offenen Küchentür.

Beton, sagt Berte. Ein paar alte Schwule mit geschwollener Prostata. Tote Ratten am Strand.

Wo siehst du denn Ratten? frage ich.

Vorhin. Bei der Dusche. Wen siehst du, Netti? fragt Berte. Siehst naselang Gespenster. Ami. Wo steckt der überhaupt?

Wollte er nicht längst zurück sein? Ich betrinke mich, sagt Berte.

Tu das nicht.

Ecuador kommt.

Du hast nichts gegessen, sage ich. Emmy Hennings kocht. Wir werden sie fragen. Um Mitternacht weht sie durch die Gasse.

Ein Geist mehr oder weniger. Gute Emmy. Kochst du?

Ami, Ami, murmelt Berte. Und bestellt Wein. Berte streicht über ihre Waden. Ihre Fußnägel sind mit einem orange leuchtenden Lack bemalt. Du bist dran, sagt sie. Legt ihre langen nackten Füße auf mein Knie. Ich rücke mit dem Stuhl, damit sie es bequem hat.

Ich rauche, streiche über ihren Spann, taste eine verschorfte Stelle an der linken Ferse.

Wer war der Mann im Toreingang?

Lisa biegt um die Ecke bei der *Bar de Nuit*. Sie schleppt drei Lidl-Tüten. Der Junge mit den Dreadlocks lächelt. Er lehnt an der Mauer, das Skateboard neben sich; tippt eine SMS.

Im Toreingang? frage ich. Ich habe niemanden gesehen.

Du lügst.

Der Mond steigt auf. Meine Hände sind rau.

Berte streckt sich. Beugt sich vor, sie nimmt meine Hand, zieht sie an ihre Lippen. Du trägst noch den Ring, murmelt sie. Und du trägst mein Armband.

Ich hab Ami meins gegeben.

Du warst dumm und krank, sagt Berte laut. Ihre Augen verengen sich. Sie küsst meine Hand. Du kamst aus der Klinik. Du warst wie Spargel und Rotz. Hoffnungslos. Frau im Koma. Der Arsch hatte dich nach zwanzig Jahren sitzen lassen, sich anderswo hingelegt. So etwas passiert. Täglich. Und nicht nur dir. Aber du warst ja Prinzessin, und er war Mister Right. Der typische Blödmann, du nur besoffen vom

Schreiben wollen Schreiben. Der war schon lange weg. Bei euch war Regenzeit. Er wollte in die Sonne. Deine Gedichte hat er nicht gelesen. Lüg bloß nicht, Netti.

Wir saßen im Café am Alex. Ich nicke.

Du beißt an den Nägeln! sagt Berte. Sieht schlimm aus.

Hab wieder damit angefangen, murmele ich.

Bist du zwölf? Hühnchen!

Lass. Ich schlage gegen Bertes Knie. Meine Fingernägel sehen abscheulich aus.

Am Alex. Ich kam aus Hermsdorf und wollte zu Esther. Ich war völlig runter in jenem Sommer. Wie Rotz, sagst du? Übler. Ich war aus der Klinik raus, fuhr nach Berlin. Du warst zwischen zwei Gesangsstunden in die S-Bahn gesprungen, um mich zu sehen. Viel Zeit hatten wir nicht.

Hatten wir nie. Berte wischt eine Orangenschale und etwas Sand vom Tisch.

Du gabst mir das Armband.

Es sollte dir Glück bringen.

Hat es, Berte. Jo kam.

Berte seufzt. Wir lehnen die Köpfe aneinander.

Rosen Tulpen Nelken. Im Zoo ist es lustiger. Du musst einmal mitkommen, flüstert Berte.

Morgen ist hier Schluss. Abflug.

Lass uns auf den Mann trinken, der im Toreingang verschwunden ist.

Berte kneift mich in die Wange, sie schiebt mich weg. Setz dich anständig hin, sagt sie.

Ich trinke auf deine Knie, sage ich. Ciao Berte.

Und Berte lacht.

Ciao. Ein Schatten legt sich über uns. Hinterrücks und aus dem Nichts. Vom Meer herüber. Aus den Augenwinkeln, mit dem halben Mond über uns, sehe ich mein blaues Steinarmband an einem Handgelenk. Ich bin nicht überrascht. Ami geht zwischen den zwei Stühlen, auf denen Berte und ich sitzen, in die Hocke, wippt vor, zurück. Er ist noch atemlos von seinem langen Lauf über die Klippen.

Ciao, Ami, sage ich leise.

Ciao, sagt der Mann aus Senegal. Er küsst mich auf die Stirn. Ami nimmt Bertes Hand, drückt sie an sein Herz. Er atmet schnell. Er ist gelaufen. Gelaufen gelaufen. Von weither.

Wiedersehen, Berte. Wiedersehen, Ami.

Liebe, die Liebe, die Liebe kann ich nicht, die hab ich vergessen seit, ich weiß nicht, wohl seit ich denken kann, kann ich die Liebe nicht.

ENGEL FÜR NETTI

Nachti und ich fahren nach Paris. Es ist der 12. August, ein Freitag, ich bin einundzwanzig, Nachti, mein brüderlicher Freund, ist ein Jahr älter. Wir sind hübsche Kinder und auf dem Weg. Jo kann nicht mitkommen, denn in Paris wollen wir Chesu treffen. Chesu und Paul helfen bei einer Freizeit, sie tun Gutes, und Chesu hat keinen Schimmer von Jos Existenz.

Chesu tut gern Gutes, woran nichts verkehrt ist. Wenn er mich nicht gerade in den Sommerferien allein sitzen ließe! Ich habe ihm einen Brief schreiben wollen, aber wir waren zu beschäftigt, Jo und ich. Wir sind nur überall hin, sind gerannt in den zwei Wochen, die wir uns kennen. Wir haben geweint und uns geliebt. Überhaupt weint Jo sehr viel, ich habe auch damit angefangen. Unser liebestolles Heulen geht Nachti auf die Nerven. Nachti ist groß, wiegt bestimmt zwei Zentner und raucht Kette. Unsere Mütter sind Freundinnen. Es verschlug uns unabhängig voneinander an den Rand des Deister. Nachti hat gleich hinter der Nebgenbude in einem der Blocks gewohnt. Mit Blick auf den Konsum und die Teppichstange. Ein Stück weiter, den Rehrbrink runter, fängt die Feldmark an. Dahinter ist Bahlsen. Der Wind weht, es riecht nach Keks.

Meist regnete es überm Deister.

Wir kennen uns seit der ersten Klasse. Als wir älter wurden, hauten wir ab nach Hannover, immer fuhr ein Zug. Wir hockten im UJZ, Jugendzentrum Kornstraße, ich mit meiner alten Armeejacke, dünn, bisschen schief, blass. Nachti rauchte, er trug Schwarz. Nie etwas anderes. Er wollte Fotograf werden; er malte, klebte Collagen. Nachti wird Erzieher werden. Ein ziemlich leidenschaftlicher. In späteren Jahren ist er ein Koloss. Das pure Fleisch, großherzig, radikal. Gütig. Er hütet seine Gören wie eine Glucke. Sie treten Türen ein, fuchteln mit Messern rum, klauen, steigen zu Wildfremden ins Führerhaus eines Schweinetransporters aus Rumänien. Einmal haben sie ihm Ajax in die Rindfleischbrühe gemischt. Die Brut ist erfinderisch. Nachti hat einen starken Magen. Stöbert sie auf, holt sie aus Müllkästen, Kebabbuden und vom Bahnhofsklo, zwingt sie an seine breite Brust, an sein geduldig schlagendes Herz, wobei er unablässig Nikotinwolken ausstößt. Eine schwer atmende schwarze Lokomotive. Stoppt alle Fluchtversuche und lacht.

Nachti lacht wunderbar.

Jo und ich sind zu ihm nach Heli, Hessisch-Lichtenau, getrampt, zwei Tage nachdem Jo mir in Rowithas *Klamotterie* eine rosafarbene Mohairstrickjacke vom Bügel zog. Ich sah ihn in seinen spanischen Stiefeln, der blauen Arbeiterhose. Er war blond. Augen wie ein Schlittenhund. Silberschmuck um den Hals und an den Fingern. Völlig stoned. Jos Lächeln schmiegte sich an meine Knie, kroch unter mein Kleid. Er seufzte. Ich nahm seine Hand, wir lächelten uns an. Geschwister. Wir würden sofort ins Bett gehen und nie wieder aufstehen. Würden uns niemals verlassen. Er war der Junge aus den Gärten. Er war Mohn, und seine Stimme war der Regen. Wir stolperten aus dem Laden, und das Glück, dicht neben uns, überholte uns nicht.

Im Sommer 1977 machte Nachti seine Ausbildung zum Erzieher. Besoffen von zu viel Liebe und unerschrockener Jugend sitzen wir mit Nachti, rauchen, zittern. Todernst ist es uns. Die Liebe hat uns gepackt, wir schauen schön blöd aus und sollten doch fröhlich sein. Nicht zurechnungsfähig, Jo und ich.

Nachti, Jo und ich in Nachtis Zimmer. Er stapelte leere Gitanes-Schachteln. Vier Wände hoch, Boden aus Gitanes. Nachti las Bakunin. Wenige Jahre danach wird er im Ashram untertauchen und ein Jahrzehnt darauf bei al-Gaddafi rumhängen. Da ist Jo längst anderswo, und ich lebe mit Chesu.

Glühend heißer Wüstensand. Nachti nimmt eine Militärparade ab. Mit ihm, oben auf der Tribüne, stehen Honecker, Ortega und andere Untote. Nachti steht unten, im Sand. Er denkt, er wird ohnmächtig. Er hält durch. Er lacht. Lacht sein kräftiges nikotingefärbtes Lachen.

Im August 1977 haben wir keine Ahnung von Poona und einem Mann namens Gaddafi. Wir sind nur mit meinem Maoisten-Gatten und einer Handvoll Idioten neben Robert Mugabe gelaufen. Hinter einem zusammengebettelten LKW her. Durch Kassel, im Winter.

Mugabe ist mein erster und einziger Mörder geblieben. Wir hatten für die Afrikanische Nationalunion ZANU gesammelt. Robert Mugabe, Nkomo an seiner Seite, war gekommen, um den LKW abzuholen. Woher Mugabe und Nkomo kamen, warum, wie sie es schafften, das Gefährt nach Zimbabwe zu schaffen, ich weiß es nicht. Ich weiß nur, ich ging neben Robert Mugabe. Nachti war dabei. Wie immer in meinem Leben.

Es muss Winter gewesen sein. Ich erinnere mich an Schnee und an einen Streit mit meinem Sozialkundelehrer. Ich wollte für den Nachmittag frei haben, wir hatten Unterricht; ich sprach arglos den Namen Mugabe aus. Der Lehrer fiel fast tot um. Er drohte mir mit einer Fünf, und ich war nicht schlecht in Sozialkunde, falls ich es wagen sollte, Robert Mugabe zu treffen! Ich garantiere Ihnen! Netti!!

Unter vier Augen erzählte ich dem Direktor des Gymnasiums von der Drohung. Im Zeugnis dann die Eins für das Fach Sozialkunde. Die Eins rettete mich in Mathe. Der Name Mugabe fiel nie wieder. Wer war schon Robert Mugabe? Ein schwarzer Mann in einem mit großen bunten Blumen bedruckten Hemd. Damals war er vielleicht Anfang fünfzig. Ich lief an seiner Seite im Schneegestöber durch Kassel.

Mugabe, Schlächter, haust mit Geistern. Die er hat umbringen lassen, sitzen mit ihm am Tisch, wenn er isst. Er fürchtet sich vor ihnen. Er gibt ihnen zu essen und zu trinken. Vielleicht fressen sie ihn auf. In seiner letzten Stunde. Alles Böse kommt zurück. Geduld.

Mugabe. Vergessen. Wir sitzen im Zug nach Paris, Nachti und ich. Ich bin noch nie in Paris gewesen. Paris Paris. Jo will nachkommen; tatsächlich wird er uns um einen Tag bei Sacré Cœur verpassen. Jo fährt uns hinterher, wir wissen nichts davon, mit einem Freund ist er Nachti und mir auf der Spur. Jo und der Freund schaffen es bis in die Camargue. Wir werden uns nicht treffen.

Ich fahre nach Paris. Ich trage eine weite lilafarbene Pumphose und habe eine üble Blasenentzündung. Nachti raucht. Die Fahrt von Kassel über Frankfurt nach Gare de l'Est dauert zwölf Stunden. Wir finden das *Hotel de Cabourg* in der Rue du Mont-Dore Nr. 5. Klo auf halber Treppe, Waschbecken und Bidet im Zimmer, das auf den Hof geht. Ich vermisse Jo. Ich liebe ihn. Ohne ihn ist der Tag blau, nicht grün. Nachti ist schon blau vom Pernod, den er gleich nach unserer Ankunft auf dem Bahnhof hat trinken müssen. Paris ist stickig, es ist sehr heiß in den Straßen. Wir fahren in einem Taxi. Kaum sind wir im Hotel, wollen wir weiter, zur Sacré Cœur. Wohin sonst. Ich liebe auch Chesu, denke ich schuldbewusst. Hier in Paris, in der Nacht des 12. August 1977, liebe ich ihn nicht mehr so sehr. Die Dinge sind kompliziert.

Wir müssen viele Treppen hinauf, oben ist Aussicht. Drängeln uns durch die nächtliche Kulisse. Wir schauen Ramsch und Menschen an. Das ist schön, ich bin wirklich aufgeregt. Vor jeder Bar sitzt einer und malt. Nachti zieht mich weiter, wenn ich vor einer Staffelei zu lange stehen bleibe. Sei nicht peinlich, Netti! Den Stadtplan hat Nachti in der Hosentasche. Wir sind Fremde der Nacht, aber doch keine blöden Touristen.

Guck nicht so nach dem Araber! Netti! Du machst den Mann ja nervös.

Wo ist ein Araber?

Nachti verdreht die Augen. Meint Nachti den kleinen dreckigen Kerl, der uns auf der Place du Tertre den Weg versperrt? Was sagt er? frage ich. Der Mann öffnet blitzschnell seine Hand, zeigt uns ein gepresstes längliches Stück Kuhmist. Schaut aus wie 'n grüner Fladen, sage ich.

Nachti lacht.

Du wirst nicht. Nein, sage ich laut. Ich drehe Nachti, der viel größer ist als ich, an der Schulter herum, zwinge seinen Kopf mit den dunklen Locken zu mir herunter. Unsere Nasen berühren sich. Wir wollen weiter. Komm.

Geh weg, sage ich zu dem Mann. Er hat nur zwei Zähne im Mund und sein Gesicht ist seltsam gelb. Paris Paris.

Er ist krank. Ich nicke. Die helle Nacht läuft mit uns, untergehakt, überall sind Lichter. Ich muss schon wieder pinkeln. Die Tabletten gegen Blasenentzündung helfen nicht viel. Jo war noch mit mir beim Arzt, einen Tag vor unserer Abreise. Wo ist Jo? Nicht hier. Das Leben ist traurig. Was man liebt, ist nie da, wenn man es nötig hätte. Ungerecht, sage ich zu Nachti. Findest du nicht?

Nachti findet eine Bank auf einem Rondell. Im Schatten der riesigen, taghell angestrahlten weißen Kirche versuche ich, die Pumphose runterzuziehen. Ich will mich hinhocken. Hoffentlich knalle ich nicht hintenüber. Bloß nicht unter mich gucken. Wer weiß, was da liegt.

Nachti sitzt derweil auf der Bank, raucht. Ich fluche. Nachti lacht. Geht's? höre ich.

Pass auf, dass keiner kommt!

Wer soll kommen? Nachti hustet. Jo kommt nicht, hustet Nachti.

Ich ziehe die Hose hoch und fange an zu weinen.

Ein Geräusch bringt mich senkrecht in die Höhe. Vor uns auf einer Mauer liegt ein dunkler Mann. Er schaut unverwandt zu uns herüber. Er liegt lang ausgestreckt, sein Haar ist zu unzähligen langen Zöpfen geflochten. Solche Haare habe ich nie zuvor gesehen. Zwei Jahrzehnte später werden Rastalocken Mode werden. Im August 1977 erfasst mich ein Schwindel. Mein Herz schlägt, der Herzschlag zwingt mich, hinüber zu dem Mann zu gehen. Ich höre, dass Nachti sich eine neue Zigarette ansteckt. Na na, höre ich. Was tust du?

Der Mann ist jung, mager, er liegt auf der Mauer. Schläft er? Ich fasse drei der geflochtenen Zöpfe, drehe sie um mein Handgelenk. Ich küsse den Mann auf den Mund. Er erwidert den Kuss.

Paris! denke ich. Lieber Himmel! Gib mir noch einen Kuss. Aber Nachti ist von der Bank hoch, er kommt angeschossen, wütend. Er zieht mich von der Mauer weg, stößt mich aus dem Schatten ins Helle. Er schimpft den ganzen Weg die Butte Montmartre hinunter bis ins Hotel. Schimpft und raucht und schimpft. Nicht mal beim Pinkeln hast du eine halbwegs vernünftige Idee, knurrt er.

Der Mann hat mir doch gar nichts getan, antworte ich zaghaft, von Nachtis Wut überrollt.

Er nicht. Du ihm. Überfällst den armen Kerl. Der liegt da, denkt sich nichts. Dann kommst du.

Na, hör mal, sage ich. Ich richte mich im Bett auf. Jetzt reicht's. Ich stecke mir eine Zigarette an.

Rauch nicht im Bett, sagt Nachti. Du steckst das Zimmer an.

Musst du gerade sagen. Empört. Mir fällt der Eimer ein, den ich daheim im Philosophenweg neben Nachtis Isomatte stelle, wenn er bei uns schläft. Ein Eimer, randvoll. Kaltes Wasser. Damit er die letzte Kippe nicht versehentlich auf den Holzdielen ausdrückt. Qualmst wie 'n Schlot, sage ich.

Für Überfälle bin ich zuständig, brummt Nachti, zieht sich das dünne Laken über den Kopf, dreht sich zur Wand.

In der Nacht schreien Katzen unten im Hof. Im Zimmer nebenan hauen sich zwei. Nachti schnarcht. Ich träume von einem kleinen Mädchen, es hat Messer und Gabel in der Hand. Ein niedliches blondes Ding. Es will zwei fette Alte verspeisen, die es zu einem Paket verschnürt an die Wand getackert hat. Paris schenkt Abenteuer und Träume.

Der nächste Überfall findet im Kino statt. Wir wollen unbedingt den Film von Gainsbourg sehen. Der alte Säufer, sagt Nachti. Mir sagt Gainsbourg nichts. Nie gehört. Wir schaffen es rechtzeitig in ein winziges stockfinsteres Kino, am Ende eines namenlosen Sträßchens im Quartier Latin. Das Kino spielt den ganzen Tag nur diesen einen Film, *Je t'aime moi non plus*. Es ist früher Nachmittag, im Saal sitzen zwei Männer. Einer onaniert.

Auf der Leinwand ist ein kräftiger, großer Kerl gerade dabei, Jane Birkin, die in der Badewanne hockt, eine Plastiktüte über den Kopf zu stülpen. Birkin schreit und zappelt, sie wehrt sich. Sie ist splitternackt, schaut aus wie ein Junge.

Ich will sofort wieder gehen. Ekelhaft.

Nachti lässt sich fröhlich auf seinen Klappsitz fallen, schnauft. Geduld, sagt er. Der Film fängt gleich noch mal von vorne an. Das ist nur das Ende. Er bringt sie nicht um.

Kennst du den Streifen? frage ich laut. Ist ja widerlich. Was ist das überhaupt für'n Kino? Hier stinkt's. Pisse, sage ich. Und noch irgendwas. Müssen wir uns das ansehen? Draußen ist Paris! Und du zeigst mir so'n Scheiß an so einem Nachmittag. Wir wollten zu den Markthallen!

Setz dich. Nachti drückt mich neben sich, auf den Klappsitz. Warte. Gleich kommt er.

Wer kommt?

In der nächsten Szene taucht Dallesandro auf, und mir wird übel. Kann nicht sein, sage ich.

Ist so, sagt Nachti. Guck genau hin.

Joe Dallesandro, mir unbekannt, nie gesehen, den Mann, auch nicht im Kino, Dallesandro schaut aus wie Jo. Nur viel kleiner ist er. Jo, zu uns unterwegs, werden wir nicht treffen. Dallesandro, mit langem blondem Haar, ein verstörter Engel, muskulös, bekifft, Heimkind, Stricher, Pornodarsteller, bis er Warhol traf, rettet Jane Birkin aus der Badewanne. Für Gainsbourg spielt er einen schwulen Lastwagenfahrer, der sich in ein Mädchen verliebt, das wie ein Junge ausschaut. Ein alberner Film. Birkin steht hinterm Tresen eines verrotteten Motels irgendwo in der Ödnis. Dallesandro fährt Müll.

Natürlich schaut Joe Dallesandro nicht wirklich aus wie Jo. Aber diese Verlorenheit und das gleiche Unglück, das auch neben Jo geht. Es sind die Augen; der androgyne Körper. Queer ist damals noch kein Begriff; Dallesandro ist queer. Während ich mich neben Nachti auf den Klappstuhl fallen lasse, fällt mir ein, dass Jo mir sagte, er habe auf der Treppe der Wilhelmshöher Allee 113 von zwei Frauen ein Angebot bekommen.

Wir kannten uns einen Tag. Ich trug die rosafarbene Mohairstrickjacke. Ein Fetisch. Noch im Bett hatte ich sie an. Jo sagte, er könnte in einem Pornofilm mitspielen. Mit meinen einundzwanzig Jahren fuhr ich senkrecht in die Höhe. Ich schnappte nach Luft. Flüsterte: Wenn du *das* tust, fasse ich dich nie wieder an! Jo tat es nicht. Tat es nie. Mit einundzwanzig war ich unbarmherzig.

Sieht doch aus wie Jo. Oder? fragt Nachti in dem kleinen

finsteren stinkenden Kino im Quartier Latin. Nur ist er nicht schwul. Oder nur ein bisschen. Nachti seufzt. Ist auch egal. Dachte nur, er wird dir gefallen.

Hm, murre ich. Ich bin nicht die Birkin. Ich will Gedichte schreiben. Mein erstes Gedicht habe ich schon geschrieben, mit Jo. Vor einem Tor, über das Flieder wächst. Den Flieder und das Gedichte-Schreiben werde ich mir nicht versauen lassen. Ich bin Netti. Ich denke an Revolution, oh ja, ich trage lila Pumphosen und bin in Paris. Ich gehe mit Beverley ins Bett und verehre meine Deutschlehrerin. Auf keinen Fall werde ich jemals wieder einen Jungen anfassen, der nur ein halbes Jahr älter ist als ich und der für Geld seinen Schwanz in fremde Frauen steckt! Bin ich Dreck?!

Joe Dallesandro wird einer meiner Engel werden. Zu meinem 51. Geburtstag, den ich mit drei Freunden in einem belgischen Lokal in Berlin irgendwo am Savignyplatz feiere, schenkt Nachti mir einen Blumenstrauß aus lila Kohl und Würsten und eine Fotografie von Joe Dallesandro.

Da ist Jo bereits tot. Ich stelle das Foto von Dallesandro, eine Schwarz-Weiß-Aufnahme, neben ein leeres Glas. Als die Kellnerin kommt und das Foto sieht, fragt sie: Wer ist das?

Mein toter Mann, sage ich.

So jung, sagt die Kellnerin. Er ist sehr schön, sagt sie.

Meine Freunde lachen in ihr Bier. Ich zucke die Achseln. Das Leben. Sage ich.

Ich bestelle Fritten und noch mehr Bier. Später lege ich ein Centstück unter den Tisch. Das Foto Dallesandros stecke ich in den Gürtel meines Kleides. Ich laufe durch die warme Berliner Spätsommernacht, flüstere: Beschütze mich. Bleib bei mir. Weißt du? Ich traf dich in Paris. Du warst auf dem Weg zu mir. Ich küsste einen schwarzen Jungen oben bei Sacré Cœur. Viele Jahre später sagtest du: Ich verlasse dich. Aber ich trenne mich nicht von dir.

Lewald kommt mit dem Regen. Er reist auf einem Teppich. Jeder, der ihn trifft und mutig genug ist, darf sich zu ihm legen. Ich habe einen Wunsch frei.

Lewald riecht nach Birnen, er ist fast zwei Meter groß, schmalgliedrig. Hat eine schöne Nase und hüftlanges, dichtes Haar. Er zieht umher. Ich glaube nicht, dass Lewald mich sehr mag. Aber er ist freundlich, sein Blick ist intensiv und klar, zusammen können wir zaubern. Wir haben einander nicht ausgesucht. Manchmal steht jemand einfach da, ohne dass man einen Gedanken an ihn verschwendet hätte.

Der Zauber hat mit dem Regen zu tun. In dem Moment, wo der Himmel aufklart, die Feuerwehren abrücken, werden wir auseinandergehen. Eine letzte unbedeutende Umarmung. Ein Achselzucken. Ich lächele nicht. Lewald bläst wieder in sein Instrument, auf dem ich ihn spielen hörte, als der Regen anfing.

Schon müde, obwohl noch nichts richtig begonnen hatte, lief ich vom Stadthallengarten herüber, im September. Lewald saß unter anderen Leuten und spielte. Die Sonne, die noch durch eines der Fenster schien, machte sich sofort davon, ich bekam Kopfweh. Ich ärgerte mich über den Menschen, der seinen Atem in das längliche Rohr aus Eukalyptus blies. Schöner Friedhof hier, dachte ich, ging zum Rauchen gleich wieder vor die Tür. Auch die letzten Hippies und Weltenkrieger klumpen sich für eine Zigarette unterm Vordach des kleinen Tempels zum Schwarzen Block. Neue Zeiten.

An dem Tag, an dem Lewald mir einen Wunsch erfüllte, war ich zu einem Fest geladen. Ich hatte keine Lust, dort aufzutauchen. Aber ich hatte mich in den Zug gesetzt, war am Bahnhof umgestiegen. In dieser Stadt in Nordhessen war ich drei Jahre lang zur Schule gegangen.

Alte Freunde. Viele Unbekannte. Später würde ich etwas vorlesen, im Keller der Werkstatt, während nebenan Filme liefen. Er hätte es aus Australien mitgebracht, sagte ein Psychiater, der in seiner Freizeit malte. Und ich war noch nicht mal in Dänemark. Der Kerl mit dem Eukalyptusrohr war mir unsympathisch. Musik ist sowieso nicht mein Ding. Und die Musik, die er machte, war monoton. Ich würde den Mann keines Blickes würdigen. Er war zu groß, zu selbstbewusst, sein Haar zu schön, und er trug diese selbstgemachten Schuhe aus Irgendwas und Nichts. Leder, Bast, Bänder. Albern. Solche Typen mochte ich noch nie. Legen alles flach, kutschieren durch die Weltgeschichte, bilden sich was ein und hinterlassen nur Dreck und Ärger.

Ein Haufen Psychiater und der Bürgermeister. Wieso gab es in der Stadt so viele Psychiater? Anderswo sind die Leute auch verrückt. Kümmert das irgendwen? Die Armen scheißen hinter die Mauer und legen sich zum Schlafen in den Park. Du schläfst sicher bequem, denke ich, sah Lewald an, der meinen Blick erwiderte. Und plötzlich war da der Geruch von Birnen. Verkehrte Welt, in die ich geraten war.

Arschloch, murmelte ich.

Die Schnittchen, Ökopaste mit Fisch, sind schnell alle. Die Frau des Bürgermeisters zog heimlich an ihrer Strumpfhose. Es gab noch Suppe. Ein Verrückter, verkleidet als Wurzel mit Hut, sang laut einen Choral, stampfte rhythmisch seinen Stock.

Hans tauchte unversehens auf, stotterte, stellte seine Aktentasche neben mich auf einen leeren Stuhl. Jemand machte ein Foto. Ich bin ein Glückskind. Wohin es mich verschlägt, immer belagert mich ein Gespenst, das es gut mit sich meint und mir ein Ohr abkaut.

Jo ist seit anderthalb Jahren tot, ich bin allein, furchtbar mager, zornig. Ich esse kaum, bin unfreundlich, trage hässliche ausgebeulte Hosen, ich gehe nicht mehr schwimmen und schneide mein Haar nicht. Ich bin ein Messer. Wer sich nähert, schneidet sich.

Ich lebe noch immer in diesem Haus über der Lahn, am

Rande eines Waldes. Es verrottet langsam. Überall wuchert Grün. Im Jalousiekasten wohnen Siebenschläfer. Vögel belagern die Holunderbüsche. Die Kletterrosen werden jedes Jahr wieder von einem tückischen Pilz befallen. Wände und Decken des Hauses haben Risse. Auf dem Dachboden vermehrt sich eine Bande von Waschbären. Im Juli und August ist die Luft erfüllt vom Duft der Bienendisteln. Unzählige bunte Falter steigen aus den meterhohen Brennnesselfeldern auf. Und es gibt Libellen. Apfelbäume, die umfallen. Haselnuss und Stachelbeerbüsche breiten sich aus. Die Birken sind meterhoch, schwindelerregend. Höher sind die Tannen. Ich hasse das Haus.

Ich sehne mich nach einer kleinen Wohnung mit zwei, mit vielleicht einem dritten, winzigen Zimmer. Jedes Zimmer ist gestrichen in einer anderen Farbe. Ein quadratischer Würfel, ohne Dachboden, weiß, auf einer Seite aus Glas. Danach sehne ich mich.

Wenn ich aus dem Haus gehe, das nicht mehr mein Haus ist, seit Jo tot ist, gehe ich durch ein Wispern und Flüstern, mit all den Tieren, die ich nicht sehen kann. Hinunter zur Straße. Zurück komme ich in absoluter Finsternis.

Manchmal küsse ich auf dem Nachhauseweg im Dunkeln einen kroatischen Hells Angel. Er wartet am Fluss, auf dem Bootssteg vom Kanu-Klub. Er trägt eine Lederweste. Piotr. Er sieht indianisch aus. Ich sage seinen Namen. Er nickt. Wir küssen uns, und ich gehe weiter. Tagsüber, wenn wir uns zufällig treffen, was selten geschieht, kennen wir uns nicht, verschwenden keinen Blick.

Zurück von diesem einsamen Kuss lege ich mich angezogen auf den Fußboden in meinem Arbeitszimmer, ich schlafe ein. Ich denke nie an ihn. Piotr weiß meinen Namen nicht. Im Traum bin ich Coco Chanel. Lagerfeld will die Scheidung; ich will fünf Millionen Euro und einen Plattenvertrag mit Carlos Santana.

Am nächsten Morgen stehe ich um sieben Uhr vor dem alten Eisenbahnstellwerk, in dessen Räumen ich jeden Montag für ein freies autonomes Radio zusammen mit Marvin auf Sendung gehe. Marvin und ich sind gleich alt. Wir sitzen auf Holzstühlen, rückwärts zu den Gleisen und der Wagenburg. Die Fenster sind undicht. Marvin ist schon seit fünf hier, er liebt den Sender und die Leute, die sich im Haus tummeln. Eine wilde Mischung. Gute und böse Geister, Anarchisten, Kurden, Heavy-Metal-Jungs, späte und sehr junge Mädchen, Märchenerzähler, Blinde, Veganer, alte Rocker aus Berlin-Moabit, Autonome, Typen mit Jagdschein, Leninisten, Fromme, Karaokesänger und Heilsbringer aus dem mexikanischen Urwald. Jeder darf vors Mikro, wenn er möglichst fehlerfrei drei Sätze rausbringt und die nötige anständige Gesinnung zeigt. Kollektiv gedacht, kollektiv gehandelt. Abwasch inklusive, den Marvin dann allein erledigt. Die anderen haben Wichtigeres zu tun. Das Glück liegt auf der Straße. Glück muss erobert, die Barrikade auch am Dienstag leer gefegt sein. Sauberkeit im Denken. Irgendwo auf dem Gelände findet immer irgendein Zauberlehrling eine Kiste, auf die er steigt und von der herunter er sich und den paar Seelen, die zufällig vorüberschneien, die Welt von vorn erklärt. Die Welt hört es nicht gern, kann aber nicht abhauen. Montagmorgen sind Marvin und ich die Welt. Und das ist schön.

Ich rede über den Müll, der in der Stadt herumliegt und lese Gedichte von alten, längst vergessenen Dichterinnen. Ricarda Huch, Oda Schäfer, Hertha Kräftner, Gertrud Kolmar. Alle sind lange tot, haben sich in Rauch aufgelöst.

Marvin spricht über die neue Flatrate im Puff. Freier dürfen für 99 Euro alle Nutten x-mal besteigen. So lange, bis einer umfällt, die Nutte oder der Freier. LaLü. Der Notarzt kommt. Der Junge von der autonomen Front, Zivi, bringt Kaffee.

Wen liebst du? fragt der 18-jährige Steinewerfer mit den hennagefärbten Locken. Milch? fragt er. Zucker?

Milch und Zucker, sage ich. Dich liebe ich, sage ich. Wen denn sonst? Omi hat's heute aber wieder gut. Sage ich.

Sagt man mal was Nettes, mault der Junge.

Wie war's denn? frage ich. Gestern?

Party. Der Junge zieht den Mund schief.

Auch nicht mehr wie früher, mischt Marvin sich ein. Was hatten wir's gut! Er lacht.

Wirklich? frage ich, und lese gleich noch ein Gedicht: *Mein Herz Mein Löwe.*

Ja, schöner werden wir nicht, sagt Marvin. Er spielt Peter Maffay. *Es war Sommer…* Der Zivi will gleich kotzen.

Das kleine Radio schenkt mir Glück. Ihr habt mir das Leben gerettet, Jungs. Nach Jos Tod. Wisst ihr nicht, müsst's auch nicht wissen. Gut, dass ich bei euch sein konnte. Besser als die Küsse, nachts auf dem Bootssteg des Kanu-Klubs. Marvin weiß es, aber Marvin ist diskret. In einem früheren Leben war er Bootsmann. Hat alle sieben Meere umsegelt, in jedem Hafen eine Braut. Nicht das Schlechteste.

Es goss in Strömen. Ich lief über die Trambahnschienen und durch das Dunkel des Stadthallengartens. Ich wusste, wo er war, obwohl es mir niemand gesagt hatte und ich keinen Grund hatte, ihn zu suchen. Ich mochte ihn nicht.

Vor einem Mauervorsprung fiel ich, Dreck spritzte hoch. Meine Handknöchel schmerzten, als ich mich aus der Pfütze aufrappelte. Geschah mir recht. An die halbhohe Mauer grenzte ein Gehweg. Ich musste nur hinüber, ans Ende der Straße. Zwischen zwei Häusern stand der bemalte Caravan. Am Außenspiegel klemmte ein Schirm.

Meine Hose hatte einen Riss, ich blutete an der linken Hand. Es schüttete unablässig, Sintflutbäche. Ich schmeckte Blätter, links neben mir tropfte es von einem verblühten Rosenstrauch. Ich schaute nicht genau hin, griff nach dem erstbesten Zweig und tat mir gleich wieder weh. Dämlicher ging's nicht. Die anderen würden sich fragen, wo ich geblieben war.

Nirgends eine andere arme Seele unterwegs. Nur ich und der Engel. War eins mit dem Wasser; könnte ein Boot besteigen, mit dem Rosenstrauch. Zusammen schipperten wir den Gehsteig runter, in dieser regenreichen Nacht im September. Was tat ich hier? Wasser drückte von unten aus den Gullys hoch. Ich war besessen vom Wunsch, ihn zu sehen. Eine magere rote Katze, ein Flederwisch, sauste an mir vorüber.

Mach auf! rief ich vor der Tür des Caravans. Ich bin's. Die Dichterin. Ich schlug gegen das Fenster.

Lewald öffnete augenblicklich. Er war nackt. Musste den Kopf einziehen, so groß war er. Er war schön. Ich blutete noch immer an der Hand. Ich war nass und verrückt vor Verlangen.

Er zog mich hoch, zu sich und in den Caravan. Wir sahen uns an. Lewalds Blick war freundlich. Überrascht schien er nicht. Auf dem Klapptisch funzelte eine Kerze, es roch nach Haschisch, nach Moschus und Haut. Birnen in einem gelben Eimer. Stücke Kuchen auf Staniolpapier. Hosen, Hemden, Wäsche. Eine Armeejacke. Fotos. Der rote Teppich, zusammengerollt unter der Sitzbank. Musikinstrumente. Tassen, zwei Teller. Besteck stapelte sich in der winzigen Spüle.

Ich zog mich aus. Lewald und ich sprachen kein Wort, wir sahen uns nur an. Er war nicht mein Freund. Die Sache war ernst. Wir würden uns nicht wiedersehen.

Lewald nahm meine Hand, ich drängte mich an ihn, wir gingen rückwärts, nackt, wir fielen auf das Bett. Laken, darunter Wolldecken. Über uns Federn. Traumfänger. Lewald legte sich auf den Bauch. Ich legte mich an seinen Rücken. Ich fing sofort an zu weinen. Rücksichtslos gegen den Mann, den ich nicht kannte, weinte ich. Seine Schönheit rührte mich nicht. Dabei war er atemberaubend schön. Erst später wurde mir das klar, als ich wieder auf dem Bahnsteig stand, um nach Hause zu fahren. Natürlich habe ich ihm Unrecht getan. Er hat sich nicht beklagt.

Lewald breitete sein Haar, das ihm über den Rücken reichte, über mein Gesicht. Ich weinte bis zum nächsten Morgen mit dem Schleier aus Haaren über mir und nannte nur immer wieder einen Namen. Beschütze mich. Komm zurück. Ich liebe dich so.

Lewald streichelte meinen Nacken, meinen Rücken, die Hüften, die Beine. Er küsste meine Brüste.

Ich küsste sein Haar.

Mehr nicht. Es regnete. Regnete.

Am anderen Morgen aß ich zwei Birnen. Wir tranken Tee. Lewald war noch immer nackt. Ich war angezogen. Lewald sagte: In drei Jahren treffen wir uns in London.

Danke, sagte ich, als ich die drei Stufen des Trittbretts hinunterstieg.

Wofür? fragte Lewald.

Ich antwortete nicht, sah mich auch nicht nach ihm um, ging den Weg zurück durch den Stadthallengarten, zum Bahnhof.

Ich habe Lewald nicht wiedergesehen. Nie von ihm geträumt. Ein Jahr später erfuhr ich, dass wenige Wochen nach unserer Séance der Caravan aus nie geklärten Umständen eines Abends in einer Stadt im ehemaligen Osten ausbrannte. Wahrscheinlich abgefackelt.

Gutes auf deinen Wegen, Lewald. Wo immer du bist. Ich bin noch hier, am Rande des Waldes.

Die drei Jahre sind bald um. Vielleicht in London. Holborn. Bloomsbury. Vielleicht erkenne ich dich. Sag einen Namen. Mag sein, ich bleibe stehen.

Du gehst vorüber, verschwindest in der Menge.